Der Bauernknecht und andere Geschichten
240 Seiten
ISBN 978-3-475-54890-1

In diesen Erzählungen breitet Hans Ernst die prägenden Erlebnisse eines begnadeten Menschenlebens aus: die armselige Kindheit in der Stadt, die Sehnsucht nach der Erde, erste unschuldige Kinderliebe, die glühende, verzehrende Leidenschaft des Heranwachsenden, die schwere Arbeit des Bauernknechts und das einfache Leben auf dem Lande.
Ob er das tragische Schicksal der Luiserbäuerin schildert oder die bisweilen nachdenklich stimmende Geschichte einer Brautschau, der beliebte Volksschriftsteller hat wieder einmal bewiesen, dass das die schönsten Geschichten sind, die das Leben selber schreibt.

Das Geheimnis der Barbara Haslinger
272 Seiten
ISBN 978-3-475-54892-5

Bernhard Haslinger ist das uneheliche Kind der Magd Barbara. Er ist seit einem Unfall in seiner Kindheit behindert, wird von allen abgelehnt und muss viel erdulden. Nur seine Mutter und die Bauerstochter Regina sind ihm von Herzen zugetan, sein einziger Freund Albert teilt Bernhards Liebe zu den Bergen. Doch trotz seines schweren Schicksals findet der junge Mann schließlich sein Glück.

Der Waldprophet
224 Seiten
ISBN 978-3-475-54090-5

Seit zweihundert Jahren geht die Weissagung eines Waldhirten und Aschenbrenners aus dem Bayerischen Wald um. Es ist der berühmte Mühlhiasl, dessen Prophezeiungen noch heute die Menchen bewegen. Paul Friedl hat sich ein halbes Leben lang mit der bis dahin nur mündlich überlieferten Geschichte beschäftigt und lässt in seinem Roman »Der Waldprophet« den Weissager und seine Zeit lebendig werden.

Wer Lügen sät
304 Seiten
ISBN 978-3-475-54844-4

Haberzell, ein Dorf im Bayerischen Wald, seine Menschen und ihr Alltag stehen im Mittelpunkt dieses Romans: Was um den biederen Mittererbauern und seine Söhne, um den zwielichtigen Hagerwirt, was um den alten Sepp und den jungen Kramersohn herum geschieht immer scheint es Rosa Zirkler zu sein, die aus maßlosem Ehrgeiz heraus die Fäden ziehen will.
Rosa stürzt das Dorf mehr und mehr in Verwirrung und gegenseitiges Misstrauen, bis schließlich alles über ihr zusammenbricht und für sie das Wort »Wer Lügen sät, hat eine böse Ernte« zur bitteren Wahrheit wird.

Hermann Holzmann

Der Tuxer Schäfer

Hermann Profer, der Tuxer Schäfer

Hermann Holzmann

Der Tuxer Schäfer

Roman

rosenheimer

3., aktualisierte und erweiterte Auflage

www.rosenheimer.com

Titelfoto: © Harry Kübler – stock.adobe.com
Bildnachweis: Alle Fotos im Innenteil stammen aus dem
Privatarchiv der Familie Egger.
Satz: Carmen Oberlechner, Rosenheim
Druck und Bindung: GGP Media GmbH, Pößneck
Printed in Germany

ISBN 978-3-475-54910-6

Prolog
Mein Großvater Hermann Profer

Mein Großvater Hermann Profer wurde am 31. Mai 1909 als siebtes Kind des Valentin und der Marianna Profer geboren. Sein Vater war Hausierer und Marktfahrer. Die Familie war ständig unterwegs, wechselte oftmals den Wohnsitz, bis sie sich schließlich 1913 in Innsbruck-Hötting niederließ.

Zu dieser Zeit wohnten in Hötting die Zuwanderer und Arbeiter, die sich im nahegelegenen Innsbruck keine Wohnung leisten konnten. Der Ort hatte nicht den besten Ruf. Man nannte Hötting die „Koatlackn", die Kot-Drecklache. Die Höttinger kamen aus der Arbeiterschicht, man erkannte die dort lebenden Menschen an ihrem ausgeprägten Dialekt und dem lauten Umgangston.

Das Schicksal meinte es nicht gut mit seiner Familie. Im Jänner 1916 starb Mutter Marianna nach der Geburt des neunten Kindes Frieda. Zu dieser Zeit waren Vater und Bruder im Weltkrieg. Sein Bruder Wilhelm fiel 1916.

Nach dem Krieg starb 1921 auch sein Vater an Tuberkulose. Weder die älteste Schwester Mina

Hermann bei der Firmung

noch eine der in Innsbruck-Hötting ansässigen Tanten konnten die Kinder ernähren. Die älteren Geschwister zogen nach Südtirol und arbeiteten im Beruf ihres Vaters. Die fünf kleineren Geschwister wurden getrennt und in verschiedene Waisenhäuser in Nord-, Ost-, und Südtirol eingewiesen.

Hermann wurde nach seinem 12. Geburtstag und unmittelbar nach seiner Firmung allein in ein Pflegeheim in Neustift im Stubaital überstellt.

Alle Neuankömmlinge wurden nach ihrer Ankunft für ein paar Wochen eingesperrt, damit sie sich an die neue Umgebung gewöhnten und das Heimweh abklingen konnte. Hermann war mit harter Arbeit und in Freiheit aufgewachsen und fand sich im Pflegeheim nicht zurecht. Zu stark waren die Erinnerungen an die verstorbenen Eltern, die Tanten und Geschwister. Im Pflegeheim nannte man ihn den „Koatlackler“.

Er fasste allen Mut, holte den rupfenen Sack mit seinen Habseligkeiten und lief so schnell er konnte davon. Er wusste, dass er mit harten Konsequenzen rechnen musste, wenn er wieder in das Pflegeheim zurückgebracht werden würde. Er floh auf Bergpfaden ins Pinistal, weiter über das Padasterjoch und dann hinunter ins Gschnitztal.

Am nächsten Morgen kam Hermann nach Steinach am Brenner, einen Ort, mit dem er vertraut war. Mit seinem Vater war er öfters am Steinacher Markt gewesen. Hermann kannte so manchen Marktfahrer. Er hoffte, Arbeit zu finden oder einen Verwandten oder Bekannten zu treffen, der ihn aufnahm. Auf gar keinen Fall wollte er zurück ins Pflegeheim. Doch er hatte kein Glück.

Hermann zog weiter ins hinterste Schmirntal, bis zur Kluppenalm, wo er beim Oggeneuner Bauern als Schafhüter bleiben konnte.

Am letzten Samstag im September 1921 gingen die Bauern zum alljährlichen Matthäusmarkt nach Steinach am Brenner. Dort verkauften sie ihr gezüchtetes Vieh, die über den Sommer hergestellten Käselaibe und den Graukäse. Auch der Oggeneuner Bauer trieb seine Kühe, Ziegen und Schafe von der Alm ins Tal und weiter zum Markt. Hermann begleitete ihn. Der Bauer teilte dem Jungen mit, dass er ihn im Winter nicht durchfüttern könne. Hermann war verzweifelt und hatte Angst, wieder in das Pflegeheim eingewiesen zu werden.

Auch die Hintertuxer Bauern gingen alljährlich über das Tuxerjoch zum Matthäusmarkt. Hintertux gehörte zur politischen Gemeinde Schmirn, der Steinacher Markt war auch ihr Jahreshöhepunkt und Umschlagplatz für Vieh und Käse. Maria, die Schwester des Hohenhauser Bauern Thomas Profer ging dieses Jahr alleine über das Joch zum Steinacher Markt. Sie sah den Oggeneuner Bauern mit dem völlig verwahrlosten Buben an seiner Seite. Der Bauer versuchte ihn loszuwerden, bot ihn jedem an, der vorbeikam, drückte seinen Oberarm, um zu demonstrieren, wie kräftig der Bub sei. Niemand

Maria Hohenhauser

wollte ihn haben. Der Bub wurde gehandelt wie ein Stück Vieh.

Maria entschloss sich, Hermann nach Hintertux mitzunehmen. Vielleicht aus Mitleid, vielleicht auch wegen ihres Bruders, der ebenso wie sie ledig und kinderlos war. Dem Hohenhauser Bauern fehlte schließlich ein Hofübernehmer.

Mit seiner Ankunft in Hintertux am 24. September 1921 änderte sich Hermanns Leben grundlegend. Maria und ihr Bruder Thomas gaben ihm Halt und ein Zuhause. Sie wurden seine Ersatzeltern. Das Geschwisterpaar erzog Hermann und prägte sein Leben maßgeblich. Aber auch für die Hohenhauser war Hermann ein Segen. Über Nacht war ein möglicher Hofübernehmer ins Haus gekommen.

Da Hermann den bekannt-derben Höttinger Dialekt sprach, nannten ihn die Hintertuxer abfällig den „Koatlackler“. Obwohl mein Großvater schnell den Hintertuxer Dialekt angenommen hatte, blieb ihm der Schimpfname jahrzehntelang erhalten.

In den Sommermonaten der ersten Jahre arbeitete Hermann als Schafhüter auf der hoch über Hintertux gelegenen Schafalm. In den Wintermonaten erlernte er das Melken, die Abläufe und das Arbeiten am Hof. Aus dem Schafhirten wurde der Hohenhaus-Knecht.

Der Autor Hermann Holzmann kam aus Steinach am Brenner, also aus jenem Ort, wo die Geschichte meines Großvaters ihren Anfang nahm. Aller Wahrscheinlichkeit nach hat er die Situation am Steinacher Markt selbst miterlebt und später als Inspiration für sein Buch gesehen. Hermann Holzmann reiste nach Hintertux, wo er auf Simon Mader, den Kössler Bauern, traf. Er wollte sich alle Orte des Geschehens ansehen.

Während der langen Wanderungen erzählte der Kössler Bauer dem Autor generationenübergreifende Gegebenheiten der alten Hohenhauser Generation und die Familiengeschichte bis zur damaligen Gegenwart Mitte der 60er Jahre des vergangenen Jahrhunderts. Und dann entstand die unglaubliche Geschichte des Tuxer Schäfers.

Mein ganz besonderer Dank geht an J. G. Fankhauser aus Mayrhofen für die Recherche zu der Familiengeschichte der alten Hohenhauser.

Hermann Egger

Der Hohenhaus-Hof in Hintertux

1

Der Hohenhauser Bauer war ein verschlossener Mann. Schon in seiner Jugend hatte er sich von seinen Altersgenossen immer etwas abgesondert und war am liebsten für sich allein geblieben. Wie alle Bauern von Hintertux hatte auch er in der Sommer- und Winterzeit schwere Arbeit zu tun, aber er übertraf dabei noch alle anderen an Ausdauer. Er gönnte sich nicht Rast und Ruhe, und es mochte stimmen, wenn man von ihm sagte, dass er fast keinen Schlaf benötigte. Denn er machte manchmal die Nacht fast zum Tag, besonders zur Zeit der Heuernte, wo man ihn schon in aller Herrgottsfrühe auf die Felsen und Schrofen hinaufsteigen sah, um das Bergheu zu mähen.

In seiner Jugend hatte er mehrere Sommer lang die Schafe auf der Tuxer Schafalm gehütet, und alle Bauern waren sich einig, kein Hirt habe jemals so viel Bergheu gemacht und dennoch auf die Schafe so gut achtgegeben wie der Hohenhauser. Kein einziges Tier war ihm abgestürzt oder sonst wie zugrunde gegangen.

Danach hatte er drei Jahre lang das Tuxer Vieh auf der Sommerberger Alm gehütet. In dieser

Zeit hatte sich sein herrisches und eigenwilliges Wesen immer stärker entwickelt. Dann hatte er den Hof übernommen und da er sich auf die Viehzucht besonders gut verstand, wurde er schon in jungen Jahren zum Alpmeister von Hintertux gewählt.

Sonst galten seine ganze Kraft und die harte Arbeit dem schönen Hohenhauser-Hof. Das aus schweren Balken gefügte Wohnhaus stand mit dem Stall und dem Kasten eng verschachtelt mit den anderen Höfen, als suchten sie alle gemeinsam an dieser einzigen sicheren Stelle Schutz vor den Lawinen, die zur Winterzeit wie eine ständige Drohung über dem Tal hingen. Aber trotz dieser engen Nachbarschaft blieb der Hohenhauser ein Einzelgänger und kümmerte sich nur wenig um andere.

Jede Geselligkeit mied er. So sah man ihn auch nicht, wenn die langen dunklen Winterabende einfielen, auf irgendeinem der anderen acht Höfe, wo die Hintertuxer sich in den warmen Stuben zusammenfanden, um miteinander zu reden oder alte Geschichten zu erzählen, die man schon so oft gehört hatte, die aber doch immer wieder neu zu sein schienen, wenn sie berichtet wurden.

Es schien, als reue den Hohenhauser die Zeit, als gehöre er nicht dazu. Schon in seinem Äußeren unterschied er sich von den anderen. Er war groß gewachsen und überragte mit seiner Länge die übrigen, die zu ihm aufschauen mussten, wenn sie ihm in die dunklen, durchdringenden Augen schauen wollten. Es war gerade, als sähen sie jedem Menschen auf den Grund. Er war breit und grobknochig, und an seinen kräftigen Händen sah man, dass sie zuzupacken gewohnt waren. Selbst jetzt im Winter war seine Haut gebräunt, ja, in seiner ganzen Erscheinung glich er eher den Leuten von Ladins jenseits des Joches als den Bauern von Hintertux.

Dem Hohenhauser war dieser Unterschied gar nicht bewusst, und die Bauern von Hintertux fügten sich auch ohne Widerspruch dem herrischen Mann, der mit Beharrlichkeit und Härte sein eigenes Recht vertrat und das der Hintertuxer, zu deren Sprecher er bei der Gemeinde von Schmirn und beim Landgericht in Steinach an der Brennerstraße gewählt war.

Zwar lag Hintertux als letzte Bergsiedlung im Zillertal, aber es gehörte zur Gemeinde Schmirn, jenseits des Tuxer Joches, und zum Landgericht Steinach. Der Weg dorthin betrug sieben Gehstunden, und über das Joch hinweg mussten auch die Toten getragen werden zu dem alten Gottesacker bei St. Maria ob der Brennerstraße, um dort ihre letzte Ruhestätte zu finden.

Beim Landgericht und bei der Gemeinde fand der Hohenhauser immer das rechte Wort und ließ sich niemals einschüchtern. Die Hintertuxer waren also mit ihm zufrieden, und jeder Einzelne war nur zu froh, dass nicht er selber den langen

Weg nach Steinach gehen musste, das bei der Abgeschiedenheit, in der man in Hintertux lebte, allen wie eine fremde Welt erschien, die ihnen die Sprache verschlagen hätte.

Nein, sie ließen den Hohenhauser gern gewähren und sahen es ihm nach, wenn er sich daheim so absonderte und gern allein sein wollte. Aber wenn sie unter sich waren, kam von Zeit zu Zeit doch die Rede auf das sonderbare Wesen des Hohenhausers.

»Muss einmal etwas mit ihm gewesen sein«, meinte dann der eine oder andere. »Hab ihn seit seiner Jugend nimmer lachen sehen.« Ja, es musste einmal etwas geschehen sein, das den Hohenhauser so verschlossen hatte werden lassen.

Die älteren Leute erinnerten sich: Bis zu seinem 33. Lebensjahr war der Hohenhauser ledig gewesen und in nichts hatte sein Wesen sich von dem der anderen unterschieden. Dann hatte er geheiratet. War seitdem alles anders geworden? Was wussten die Hintertuxer schon! Wussten sie, was damals geschehen war? Der Hohenhauser war ein verschlossener Mann und er wäre der Letzte gewesen, der mit jemandem über das gesprochen hätte, was ihn bedrückte.

Damals stand der Hohenhauser in seinen besten Mannesjahren. Unermüdlich arbeitete er in Haus und Feld und Wald und Alm. Er hielt das schönste schwarzscheckige Tuxer Vieh im Stall.

Auch die graugesprenkelten Tuxer Schafe liebte er. Um das Vieh, die Schafe und Geißen den langen Winter über durchfüttern zu können, musste auch die gefährlichste Bergmahd im Sommer ausgemäht werden. Die Gründe im ebenen Talboden wurden meist als Acker für Hafer und Gerste verwendet, daher gab es für drei Knechte und zwei Mägde Arbeit genug auf dem Hof.

Neben diesen Dienstboten lebten auch noch die alte Mutter und eine unverheiratete Schwester auf dem Hof. Da brauchte es eine große Muspfanne und einen großen Tisch in der Stube.

Auf dem Hohenhauser-Hof gab es gute und schmalzige Kost. War die Arbeit auch hart und lang, Knechte und Dirnen blieben doch gerne, ja es galt sogar als Ehre, auf dem Hohenhauser-Hof Dienst zu leisten. Der Bauer nahm nur die besten Knechte auf. Und Bauernknecht beim Hohenhauser zu sein bedeutete schon etwas im weiten Umkreis. Es gab nicht viel Wechsel mit den Dienstboten.

Auch im Winter lagen weder Bauer noch Knechte auf der warmen Ofenbank. Da hallten die Axtschläge durch den Winterwald. Es begann das Holztreiben und Holzführen. Dann sang die Säge ihr helles Lied viele Wochen lang.

Und wenn der Schnee im Frühjahr hart geworden war, wurde der Mist auf Acker und Feld getragen und als letzte Frühjahrsarbeit Erde auf die beschneiten Äcker gestreut, damit der Schnee schneller schmolz. Auch für die Frauen ging im Winter die Arbeit nie aus. Wochenlang dauerte das Spinnen der Wolle, bis in die späten Nachtstunden hinein.

Und doch hatte der Hohenhauser die Hintertuxer damals überrascht, denn sie glaubten, er bliebe noch länger ledig. Man hatte ihn nie mit einer Dirn am Sonntag sprechen und lachen sehen. Um die Frauen schien er sich überhaupt nicht zu kümmern, als wären sie gar nicht da. Er redete mit ihnen nur über die Arbeit.

Auch wenn andere Bauern Hochzeit hielten, nahm er höchstens an der Feier in der Kirche teil. Sonst fand er immer einen Anlass oder eine Ausrede, um bald zu verschwinden. Auch an den Dreikönigstagen ließ er sich nie in froher Gesellschaft sehen, um mit dem jungen Volk den Zelten, ein herrliches Früchtebrot, anzuschneiden.

Und doch täuschten sich die Leute von Hintertux. Wenn er auch nach außen hin eine vollkommene Gleichgültigkeit, ja fast Ablehnung zeigte, so entsprach dies seiner verschlossenen Art. Innerlich aber dachte er anders, ja er dachte viel nach über die Frauen und beobachtete sie mit seinen durchdringenden Augen. Keine Frau war imstande, seinen Blick auszuhalten. Alles war geheimnisvoll: War es ablehnend oder auffordernd?

Und diesen geheimnisvollen Blick spürte seine Magd, die Emma, mit Angst und Schauer und doch wieder mit großer innerer Freude.

Die Emma diente schon sieben Jahre lang treu und redlich auf dem Hohenhauser-Hof. Sie half im Frühjahr auf Feld und Acker mit; sie breitete bei der Mäharbeit das frisch gefallene Gras fein säuberlich aus, sodass es schön trocknen konnte; sie rechte das Heu zusammen, unermüdlich fleißig und sorgsam. Nicht das kleinste Hälmchen wollte sie liegen lassen; sechs Wochen arbeitete sie dann droben auf den hohen und gefährlichen Bergmähdern, schlief dort mit den anderen in den kleinen Hütten und kochte für die Mäher das Milchmus und die Brennsuppe. Dann konnte es geschehen, dass der Hohenhauser, wenn er zufällig in ihre Nähe kam, den Blick auf sie richtete. Sie spürte seinen Blick und rechte flink das Gras zusammen, um unauffällig weiter von ihm wegzukommen. Der Bauer stand da, lehnte seine Arme auf den Sensenrücken und kannte plötzlich keine Eile mehr …

In ihrem siebten Jahr war die Hohenhauser Familie auf Wallfahrt gegangen. Im Winter war in allen Ställen von Hintertux der Viehtisel ausgebrochen, eine Tierseuche. Zufällig hatte der Hohenhauser sein Vieh noch auf der hohen Aste. Das war sein Glück, denn das Hohenhauser Vieh wurde vom Tisel verschont. Zum Dank hatte die

Mutter eine Wallfahrt versprochen, und der Hohenhauser hatte zugestimmt.

So stiegen dann alle vom Hohenhauser-Hof, der Bauer, seine Schwester, die drei Knechte und die beiden Dirnen, an einem Sonntag bald nach Mitternacht, als der Hahn noch nicht gekräht hatte, auf das Tuxer Joch hinauf. Während des zweistündigen Aufstieges wurden Rosenkränze gebetet, und alle dankten Gott, dass ihr Vieh von der Seuche verschont geblieben war. In den anderen Ställen von Hintertux sah es furchtbar aus.

Vom Tuxer Joch stiegen sie über Tettens hinunter zu den Höfen von Ladins. Dann wanderten sie, laut betend, durch das Schmirntal auswärts zur Brennerstraße. Sie hatten versprochen, den weiten Weg nüchtern zu machen, denn es sollte ja eine Wallfahrt zum heiligen Valentin, dem mächtigen Viehpatron, werden! So folgten sie, wieder laut betend, der Straße brenneraufwärts.

Um die siebte Morgenstunde waren sie beim Valentinskirchlein auf dem Brennerpass angekommen. Ohne zu rasten, gingen sie gleich in das Heiligtum hinein. Gerade konnte die junge Emma der anderen Magd zuflüstern: »15 Rosenkränze haben wir gebetet!«

2

Die Kirche von St. Valentin war überfüllt mit frommen Betern. Auch von anderen Tälern waren Wallfahrer gekommen. Lange dauerte die heilige Messe, noch länger die Predigt, aber die Tuxer Wallfahrer blieben auch nach der Messe noch in der Kirche, denn sie waren dem heiligen Valentin so dankbar, dass er sie vorm Tisel verschont hatte. Knechte und Dirnen blieben in den Bänken knien. Sie hätten es nicht gewagt, vor dem Bauer aufzustehen.

Endlich richtete sich der Hohenhauser auf. Noch einmal schlug seine knöcherne große Hand das Kreuzzeichen. Dann schaute er zu seiner Mutter und nickte ihr zu. Tief beugte er das Knie und stapfte schweren Schrittes zur Tür. Die anderen folgten ihm, am Schluss erst ging die Emma.

Nun zogen die Tuxer Wallfahrer zur berühmten »Brenner Post«, dem mächtigen Einkehrhaus. Dort nahmen sie in der großen Wirtsstube Platz. Die beiden Dirnen hatten in roten Tüchern, wie es Brauch und Sitte bei Wallfahrern war, ihre Vorräte selbst mitgenommen. Der Bauer bestellte einen Branntwein für sich und für die

Knechte. Die Dirnen schichteten das schwarze Brot, Speck und Käse auf. Im anderen Tuch befanden sich Krapfen. Alle waren ordentlich hungrig geworden. Den Frauen brachte die Kellnerin dann eine dampfende Suppe. Den Männern stellte sie auf Wink des Bauern eine Kanne Wein auf den Tisch.

Der Hohenhauser griff ordentlich zu und trank den Wein in durstigen Zügen. Den Frauen schenkte er ein kleines Glas voll ein.

»Ein Glas zusammen werdet ihr schon aushalten«, lachte er – und dabei schaute er wieder so seltsam die Emma an.

Sie wurde über und über rot, denn sie spürte genau, dass er sie beobachtete.

Nach dem Essen sagte der Bauer: »Ich will mir noch den großen Poststall anschauen. Und zum Pfarrer muss ich auch noch gehen und eine Messe zahlen. Der heilige Valentin hat uns ja geholfen! Dann gehen wir wieder heim.«

Er verließ die holzgetäfelte Stube mit der mächtigen Balkendecke. Im Winkel leuchtete ein Öllämpchen vor einem großen Kreuz. Dunkle Ölbilder zierten die Wände.

Nachdem der Hohenhauser beim Pfarrer vorgesprochen und dann den Stall besichtigt hatte, wo etwa fünfzig Pferde standen, ging er noch einmal in die Kirche.

Vor dem Eingang hatte ein Kraxentrager seine Waren aufgeschlagen. An Sonntagen machte er bei Wallfahrtskirchen gute Geschäfte. Seine Sprache war dem Tuxer Bauern schwer verständlich, aber auf seine Anrede hin blieb der Hohenhauser doch stehen und besah sich die vielen Waren. Plötzlich fielen ihm einige Zierstücke auf. Es waren silberne Kettchen mit einem Muttergottes-Taler und andere Schmuckstücke, wie sie Frauen trugen. Bei diesem Anblick überkam ihn ein seltsames Verlangen, das er nicht mehr aus dem Kopf schlagen konnte. Überlegend hielt er das Kettchen mit dem Marientaler in der Hand.

Der Kraxentrager redete ihm begeistert zu: »Kettchen! Wunderschöne Kette! Nur zwei Gulden – du kaufen!«

Und er dachte nach und dachte nach. Sein Gesicht hellte sich auf. Ohne ein Wort zu sprechen, zog er den Geldbeutel, zahlte und steckte das Kettchen in die Tasche.

Als der Hohenhauser wieder zum Einkehrhaus zurückkam, stand gerade die Emma unter dem hohen Torbogen des Gasthofes. Sie schaute verwundert auf das bewegte Leben an der Brennerstraße. Mächtige Fuhrwerke zogen nord- oder südwärts. Dann folgte wieder eine Kutsche, dahinter etwa zehn Reiter – und wieder Fuhrwerke – und Wanderer und Pilger … War das ein Leben! So etwas hatte sie noch nie gesehen! Hier begann wohl die weite Welt! Und sie durfte heute das alles erleben! Wie war sie doch dem Hohenhauser dankbar, dass er sie auf diese Wallfahrt mitgenommen hatte!

Und da stand er auf einmal vor ihr. Seine große Gestalt verdeckte die Sonne. Und plötzlich – sie verstand nicht, was vorging – reichte er ihr die Hand, und ehe sie es gewahr wurde, spürte sie die metallene Kälte eines Kettchens. In ihrer Überraschung fand sie kein Wort, sie fand auch nicht die Kraft, ihm die Kette zurückzugeben oder zu fragen: Was soll ich damit?

Willenlos und hilflos hielt sie das Kettlein in der Hand. Sie blieb stehen und spürte nicht, dass der Hohenhauser schon wieder in die Stube gegangen war, um sie allein zu lassen. Sie zitterte vor Erregung, vor Angst und auch vor Freude. Dann wagte sie, die Augen zu öffnen – und staunend schaute sie das silbern glänzende Kettel mit dem großen Marientaler an.

Das hatte ihr der Hohenhauser bei der Wallfahrt nach St. Valentin geschenkt!

Mit gesenktem Kopf betrat sie wieder die Stube und setzte sich wortlos an den Tisch. Da packte die Schwester des Bauern die übrig gebliebenen Vorräte in die Tücher. Der Hohenhauser stand auf, nachdem er noch den letzten Schluck Wein getrunken hatte.

Ein Fuhrmann schaute verwundert auf die Hintertuxer in ihrem schmucken Gewand, die Männer in kurzen ledernen Hosen, die Beine in seltsam gemusterten Strümpfen, mit den schafwollenen Jankern und den kleinen Hüten auf dem Kopf.

»Ich hab vier schnelle Rösser! Ihr könnt aufsitzen bei mir, denn ich seh, ihr habt einen weiten Weg!«

Der Hohenhauser wehrte ab: »Na, Fuhrmann, wir haben dem Valentin eine Wallfahrt versprochen und gehn zu Fuß übers Joch!«

Um die Mittagszeit nahmen sie Abschied vom heiligen Valentin. Beim Rückweg gab es viel zu sehen und zu fragen. Aber die Emma war beim Heimweg so versunken, dass sie dieses Wunder der Weltstraße gar nicht zu bemerken schien. Mehrmals spürte sie auch den Blick des Hohenhauser Bauern...

In Stafflach an der Brennerstraße verabschiedete sich der Hohenhauser von seinen Leuten.

»Wenn ich schon übers Joch gegangen bin, dann ist der Weg nimmer weit zum Landgericht. Ich werd hier übernachten und morgen beim Richter vorsprechen. Es gibt vieles zu bereden!«

So stiegen die Hintertuxer ohne ihn wieder über das Tal von Schmirn nach Ladins und dann über das Tuxer Joch in ihre abgelegene Bergheimat. Alle waren sie glücklich über diesen schönen Tag, den sie dem heiligen Valentin geweiht hatten. Und als sie in der Dämmerung daheim ankamen, gab es so viel zu erzählen, dass es wieder eine kurze Nacht werden sollte.

In dieser Nacht schlief die Emma trotz ihrer Müdigkeit erst sehr spät ein. Glückselig hielt sie das Kettel in der Hand.

Aber auch der Hohenhauser konnte lange Zeit keinen Schlaf finden. Er starrte vor sich hin und dachte: Ich versteh nicht, wie es passiert ist! Auf einmal hat es mich gezwungen, ihr das Kettlein zu schenken! Und aus dem Dunkel leuchtete wie unwirklich ihr Gesicht …

3

Am nächsten Tag machte sich der Hohenhauser auf den Heimweg, nachdem er dem Landrichter seine Anliegen vorgebracht hatte. So um die vierte Stunde des Nachmittags kam er im Talinnern von Schmirn an. Der Weg führte beim Wolfbrechter-Hof in Kasern vorbei. Es war der letzte Hof des Tales vor dem Aufstieg zum Tuxer Joch.

Der mächtige Holzbau des Hofes beherrschte den Blick. Wie eine gewaltige Mauer schloss der Kaserer Spitz mit dem Schmirner Ferner das Tal ab. Unter dem Schmirner Ferner lag die verschneite und verwunschene Alm.

Der Hohenhauser verstand sich gut mit dem Wolfbrechter Bauern. Beide waren ausgezeichnete Viehzüchter. Sie kannten sich schon lange und der Wolfbrechter war ein guter Freund des früh verstorbenen Hohenhausers gewesen.

»Seid ihr gut zurück vom St. Valentin?«, fragten die Wolfbrechter den Hohenhauser, als er in die Rauchkuchel eintrat.

»Ja, es ist alles gut gegangen«, antwortete der Wallfahrer in seiner rauen, kurzangebundenen Art.

Gleich wurde er eingeladen, sich zum Herdfeuer zu setzen. Rahmige Milch und schwarzes Brot wurde dem Gast vorgestellt. Die jüngste Tochter Maria bewirtete ihn.

»Dass wir uns so selten sehen«, meinte sie. »Es ist nur ein Joch zwischen Ladins und Hintertux!«

Der Wolfbrechter bekräftigte: »Ja, wir sind wirklich Nachbarn! Und am Joch grenzen unsere Almen aneinander!«

Der Hohenhauser meinte lachend, das Tuxer Vieh wisse das auch, weil es nicht selten übers Joch ginge und auf der Alm von Tettens weide. Das hätte bei anderen Talschaften schwere Streitigkeiten gegeben, aber die Bauern von Ladins seien halt so gutmütig. »Ja, darum geht das Tuxer Vieh alleweil wieder über das Joch nach Tettens!«

Der Wolfbrechter Bauer schmunzelte und meinte: »Das macht nichts! Deswegen fangen wir keinen Krieg an!«

Aus dem Nachmittag war Abend geworden. Der Hohenhauser hatte sich gar wohl unterhalten.

Dann wurden die Kühe von der Weide hereingetrieben, um gemolken zu werden. Der Wolfbrechter forderte seinen Gast auf, mit in den Stall zu kommen, um sich die stattliche Herde näher anzusehen. Nur zu gern folgte der Hohenhauser der Aufforderung.

Die Maria saß auf einem Schemel und melkte. Der Hohenhauser tat, als spräche er mit dem Wolfbrechter, aber er musste dabei immer auf die Maria schauen, die sich ganz ihrer Arbeit hingab. Die Milch schäumte. Diese junge Frau machte auf ihn einen seltsamen Eindruck. Schon als er in der Küche bewirtet wurde, hatte er auf sie geschaut. Sie war so ruhig und in sich gekehrt und hatte ihn eigentlich nur auf die Nachbarschaft hin angesprochen. Wenn sie gefragt worden war, hatte sie nur kaum merklich genickt.

Nachdem der Hohenhauser sich im Stall genügend umgesehen und das Vieh gelobt hatte, geleitete der Wolfbrechter seinen Gast wieder in die Stube. Er stellte einen kleinen Pitterich auf den Tisch, der mit Tuxer Branntwein gefüllt war.

»Jetzt sollte ich aber wieder übers Joch gehen«, meinte der Hohenhauser, aber der Wolfbrechter sagte, noch sei Zeit genug, und die Nacht sei zum Gehen grad gut.

Er hob sein Glas und trank dem Hohenhauser zu.

»Ich seh dich«, sagte er dabei.

Der Hohenhauser antwortete: »Ich hör dich!« Mit diesem alten Brauch brachten sie zum Ausdruck, dass sie beide guter Dinge waren.

Eben kam die Maria herein.

»Vater, der Hohenhauser wird wohl unser Gast sein? Die Mutter hat gute Krapfen gemacht!«

Und so ging auch der Abend in die Nacht über. Dann wurde die Stimmung immer freundlicher. Auch zwei Nachbarn waren dahergekommen, darunter der Pirklahner, der als ein besonders lustiger Erzähler bekannt war.

»Die Hintertuxer sind gar nicht so wild, wie der Name sagt«, lachte er und erzählte dann: »Die Hintertuxer haben mal Vasnacht (Fastnacht) gefeiert, und es ist tiefer Winter gewesen und kein Mensch hat außer Tal können. Dann haben sie gemeint, nun müsst die Vasnacht doch bald zu Ende sein. Zwei Hintertuxer sind nach Zell hinaus, um nachzuschauen. Da war es schon der Palmsonntag, und sie sahen die große Prozession. Sofort sind sie umgekehrt und haben laut verkündet: noch lang ist Vasnacht! In Zell laufen sie grad mit Besen um!«

Dass die Hintertuxer einmal die Palmwedel für Besen und die Prozession für einen Vasnachtumtrieb gehalten hatten, ließ alle laut lachen.

Auch der Hohenhauser lachte mit, aber er hatte gleich eine gebührende Antwort zur Hand und begann zu erzählen:

»Da haben die Schmirner eine Mühle gebaut. Und weil ihnen das Joch am besten gefallen hat, haben sie geglaubt, da tät die Mühle gut hinpassen. Richtig – sie haben die Balken auf das Joch hinaufgetragen und waren sehr guter Dinge. ›So einen schönen Platz finden wir nirgends für unsere Mühle‹, haben sie gesagt. Zum Schluss haben sie auch mit Aufbietung aller Kräfte den Mühlstein hinaufgezogen.

Dann ist die Mühle gebaut gewesen – da erst besannen sich die braven Schmirner, dass es kein Wasser gab, das den Mühlstein drehte. So haben sie die Mühle wieder abgebrochen und die Baumstämme hinuntergetragen. Da geschah es bei den letzten Baumstämmen, dass die Träger ungeschickt waren. Die Balken fielen zu Boden und kollerten in das Tal. Da erkannten die braven Schmirner, dass sie eine Dummheit begangen hatten. Daher hat der Dorfmeister befohlen, sie sollten alle Balken und Stämme wieder auf das Joch tragen und dann richtig ablassen. So ist es auch geschehen. Zum Schluss blieb nur noch der Mühlstein übrig. Da haben sie lange nachgedacht, wie sie den schweren Mühlstein hinunterbringen sollten in das Tal.

Endlich hat einer den richtigen Rat gegeben. Hans hat er geheißen. Er hat gesagt: ›Das machen wir genau wie mit den Stämmen. Wenn die Stämme von selber hinunterfallen, dann wird's der runde Mühlstein wohl auch können‹. Und er steckte seinen Kopf durch das Loch des Mühlsteines, um den Stein lenken zu können. Dann setzten die anderen den Stein in Schwung. Aber der Mühlstein kollerte mit dem Hans mittendrin etwas zur Seite auf einen Felsen zu. Entsetzt schrien die anderen Mühlenbauer ihm nach: ›Hansoi, lenk! Hansoi, lenk!‹ Aber der arme

Hans hat das Lenken vergessen, und er ist mit dem Stein über die Felswand gefallen! Ja«, so schloss der Hohenhauser, »solche Mühlen haben wir in Hintertux nicht gebaut!«

Das gab ein frohes Lachen! Wie oft hatten sie schon diese Geschichte gehört, aber aus dem Mund eines Hintertuxers klang es anders und ganz neu, als hätten sie es noch nie vernommen.

Auch die Maria, die dem Hohenhauser gegenübersaß, lachte hellauf. Verwundert schaute er sie an. Wie ganz anders das sonst immer so ernste Gesicht jetzt wirkte in dem trauten Licht der Kerzen und der Öllampe!

»Aber Maria«, sagte er und tat recht vorwurfsvoll, »du wirst doch nicht gar über dein eigenes Tal lachen!«

Nur noch heller prustete sie los, und ihr Vater, der Wolfbrechter, meinte: »Nun hör aber auf, Hohenhauser! Wir könnten dir schon noch ganz andere Geschichten über die wilden Hintertuxer erzählen!«

Da trat eben die Mutter mit der anderen Tochter, der Brigitta, herein. Sie hielt die mächtige Holzschüssel mit Krapfen in den Händen, und die Brigitta brachte eine Holzschüssel mit süßer rahmiger Milch.

»Unser Gast soll nicht hungern«, sagte die Mutter.

Alle standen auf und sprachen ein Segensgebet.

»Gott segn's«, sagte der Wolfbrechter zum Schluss.

Die Krapfen schmeckten gut. Auch der Hohenhauser war ordentlich hungrig geworden. Es reute ihn nicht die Zeit, die er hier verbrachte. Der Wolfbrechter hatte wahrscheinlich recht: Die Nacht war zum Gehen grad richtig.

Niedriger und niedriger war der Krapfenberg geworden. Die Milch wurde, wie es Sitte war, mit dem Löffel gegessen und nicht getrunken. Jeder Tischgenosse fuhr mit dem Löffel in die Milchschüssel hinein und nahm so Schluck um Schluck. Und als nur mehr ihr Boden bedeckt war, traf es sich, dass der Löffel des Hohenhauser und der der Maria zusammenstießen. Kein anderer Löffel wurde, wie es der Zufall wollte, in die Schüssel getan. In diesem Augenblick fasste der Bauernknecht mit beiden Händen zu und hielt die zwei Löffel fest.

Ein übermütiges Gelächter war die Folge. Der Knecht ließ die Löffel nicht los. Das hallende Gelächter hielt an und verstärkte sich.

Alle schrien durcheinander: »Zwei Löffel! Zwei Löffel zusammen!«

Der Wolfbrechter klopfte dem Gast auf die Schulter: »Ich mein, Hohenhauser, du bist nicht umsonst wallfahren gegangen!«

Der Hohenhauser machte gute Miene zum Spiel. Die Maria aber war über und über rot geworden. Sie kannte den Brauch, der viel Anlass zu Scherz und Kurzweil gab: Wenn zwei junge Leute mit dem Löffel zufällig zusammenstoßen und sonst kein Löffel in die Schüssel getan wird, dann bedeutet das etwas!

Mittlerweile hatte der Knecht die Löffel wieder freigegeben, wobei er sagte:

»Der Hohenhauser weiß schon, was das bei uns in Ladins bedeutet!«

Ja, der Hohenhauser wusste es und meinte: »Ihr habt mit Absicht gewartet, dass unsere zwei Löffel allein in der Schüssel waren!«

Der Knecht widersprach: »Na, na – wir haben nicht gewartet! Es war reiner Zufall! Zwei Löffel und zwei Menschen! So heißt der alte Spruch, Hohenhauser! Merk dir das! Zwei Löffel und zwei Menschen! Das ist Brauch bei uns in Ladins!«

So war aus dem kurzen Besuch ein langer Nachmittag und ein langer Abend geworden. Kerzen und Kandelaber erfüllten die alte Stube mit einem warmen, heimeligen Licht. Der Tuxer Branntwein mundete gut.

Gegen Mitternacht nahm der Hohenhauser Abschied vom gastlichen Hof.

»Und wann kommst du wieder vorbei?«, fragte der Wolfbrechter.

Dem Hohenhauser klangen diese Worte wie eine freundliche Einladung. Gleich antwortete er: »Ich muss schon bald wieder zum Landgericht gehen, und dann werd ich vorbeischauen. Und zum Matthäusmarkt in Steinach an der Brennerstraße werde ich gewiss auch kommen. Da gehen alle Hintertuxer zum Markt!«

Der Wolfbrechter reichte ihm die Hand: »Dann musst du wieder einkehren, Hohenhauser!«

Und der Knecht donnerte mit seiner lauten Stimme: »Vergiss nicht die zwei Löffel, Hohenhauser! Vergiss nicht die zwei Löffel!«

Der Hohenhauser tat, als hörte er das nicht. Er gab der Maria die Hand: »Behüt dich Gott, Maria! Schön ist es gewesen!«

4

In dieser sternenklaren Bergsommernacht stieg der Hohenhauser gedankenversonnen den steilen Weg hinauf zum Tuxer Joch. Bei der niederen Steinhütte des Tettenser Ochsners blieb er zum ersten Mal stehen. Es schien, als wollte er in die Hütte treten, dann verhielt er den Schritt. Manchmal hallte dumpf und unheimlich das Brüllen eines Stieres durch die Nacht.

Er verglich den gestrigen Wallfahrtstag mit dem heutigen Abend beim Wolfbrechter-Hof. Und wie wirklich hörte er wieder die Stimme des Wolfbrechter: »Du bist nicht umsonst wallfahren gewesen!«

Dazwischen hallte wieder das Lachen des Bauernknechts: »Löffel zu Löffel! Mensch zu Mensch!«

Wäre es hell gewesen, hätte man sehen können, wie freundlich das Gesicht des Nachtwanderers ausschaute. Und es wurde noch freundlicher, als er nun das Bild der Maria wieder vor sich sah: Wie lebendig hatte er sie vor Augen, wie sie der Arbeit nachgegangen oder am Tisch gesessen war, den Blick ihrer hellen Augen fast immer zu Boden gerichtet. Aber einmal hatte sie ihn doch angelächelt, den Hohenhauser Nachbarn, und dieses Lächeln konnte er nicht vergessen.

Dann dachte er an die schöne Alm von Tettens, und er wagte den Gedanken gar nicht auszudenken: Wenn ich jetzt wirklich die Maria – Dann wär es wohl gleich, wenn das Tuxer Vieh gelegentlich auch nach Tettens hinunter weidete! Ja – wenn.

Doch jäh verdüsterte sich sein Gesicht, und seine Augen starrten in das Dunkel. Die Stimmen der Bergnacht erhoben sich: Steine knatterten in die Tiefe von der Hörnerwand. Wasser rauschte. Ein Stier brüllte.

Dann überkam ihn ein Gedanke mit solcher Gewalt, dass er die Worte halblaut vor sich hinsprach: »Ich hätt' der Emma nicht das Kettel schenken dürfen! Ich hätt' warten sollen! Heut hätt' ich das Kettel bei mir haben sollen!«

Wer ist schon die Emma, dachte er, gegen die Maria vom Wolfbrechter-Hof? Sie war gewiss fleißig und arbeitsam und sah gut aus – aber sie war nur die Tochter eines Wurzelklaubers vom Schwendberg draußen im Zillertal!

Ihn packte stärker der Unmut, und wieder murmelte er: »Wenn ich ihr nur nicht das Kettel geben hätt'!«

Die Quelle von Tettens rauschte. Ein schwarzer Schatten schlich durch die Nacht. Wie ein Ungetüm näherte sich einer der Ochsen der

Hütte. Der Hohenhauser streckte lockend seine Hand vor, als wollte er dem Tier eine Lecke Salz geben. Der Ochse war ganz nahe gekommen. Er senkte den Kopf und ließ sich das Fell zwischen den Hörnern kraulen. Der Hohenhauser fasste den Ochsen am rechten Horn. Mit den Fingern tastete er das Brandmal ab. Ja, es war einer der grauen Ochsen des Wolfbrechter Bauern. Nochmals tätschelte er das Tier und schlug ihm mit der flachen Hand an den weichen Hals. Und wieder kam ihm der Wolfbrechter-Hof in den Sinn, und wieder sah er das Bild der Maria.

Endlich stapfte er langsam zur Quelle, aus der ein so gutes Wasser floss wie sonst nirgends in diesen Bergen, um einen Schluck zu trinken. Dann stieg er vollends auf zum nahen Joch und wieder hinunter über das steile Weitental. Und immer noch war er mit seinem Sinnen und Denken nicht zu Ende gekommen. Bald spielte ein Unmut in seinem Gesicht, bald war es von einem Lächeln verklärt. So sehr waren seine Gedanken in Widerspruch miteinander, dass er darüber nicht froh werden konnte. Das mit dem Kettel, ja, das hätte halt nicht sein dürfen!

Aber es gab doch zwei glückliche Menschen in dieser Nacht. Die Maria dachte lange an die zwei Löffel, die durch Zufall zusammengestoßen waren, und sie hörte noch die Worte des Knechtes: »Löffel zu Löffel! Mensch zu Mensch!« So konnte sie lange keinen Schlaf finden.

Und auf dem Hohenhauser-Hof machte in dieser Nacht die Emma trotz größter Müdigkeit kein Auge zu. Wie in der vergangenen Nacht, hielt sie auch jetzt in ihrer Hand das Halskettel mit dem schönen Marientaler und dachte an den Mann, der es ihr gegeben hatte.

5

Der Hohenhauser war nicht der Mann, der sich eines kleinen Erlebnisses wegen schnell umstimmen ließ oder einzig einem augenblicklichen Gefühl nachgab.

Es war Sommer, einige Tage vor St. Veit am 15. Juni. Und diese Tage waren für die Bergbauern schon immer von großer Bedeutung, denn am Veitstag erfolgte die Auffahrt auf die Almen.

So gab es Arbeit in Hülle und Fülle. Ein Alpmeister musste in diesen Tagen bei den Hirten sein, musste das Vieh beobachten und die Weide regeln, die auf den Tag genau eingeteilt war:

Zuerst wurden die unteren Gebiete abgegrast, dann weidete das Vieh immer höher bis zu den Bergmähdern. Die ersten Wochen hielt sich Hirte und Vieh auf dem Niederleger auf, später auf dem Hochleger, der Sommerberger Alm. Alles erfolgte nach den Anweisungen des Alpmeisters.

Der Hohenhauser war in diesen Tagen so mit Arbeit überlastet, dass ihm die zwei Tage der Wallfahrt fast entschwebten.

Ungefähr um Johanni begann die Heumahd. Das war die liebste Zeit des Hohenhauser. Da ging er ganz in seiner Arbeit auf und hatte nur die eine Sorge, ob wohl das Wetter anhielte.

In diesen Tagen sang die Sense ihr Lied. In aller Früh, noch bei der ersten Dämmerung, hallte der helle Schlag des Dengelhammers durch den jungen Tag. Dann fiel das üppige Gras rauschend unter den Schlägen der Sense. Immer wieder sang der Wetzstein dazwischen. Wie neckend kam die Antwort von anderen Mähern. Der weite Talboden war erfüllt von diesem frohen Sang der Erntearbeit.

Die schwere Arbeit von der frühesten Morgenstunde bis zum Dunkelwerden nahm den Hohenhauser ganz gefangen. Oft stieg er dann nach der Tagesarbeit auf den Niederleger hinauf, um dort Nachschau zu halten. Dann kam er vielleicht erst um Mitternacht auf den Hof, um schon gegen 4 Uhr morgens wieder aufzustehen. Er saß immer als erster auf dem kalten Dengelstein und hämmerte die Sense.

Davon wurden die anderen Hintertuxer, wach. »Der Hohenhauser tut schon dengeln! Jetzt müssen wir aufstehen!«

So sehr hatte ihn also die schöne Zeit der Heuernte in Anspruch genommen, dass die Wallfahrt in seiner Erinnerung wirklich etwas verblasste. So war es auch bei der Emma. Doch in den einsamen Nächten oder bei den Gängen zur Alm hinauf erwachte bei beiden alles wieder, als hätten sie es eben erst erlebt.

Da sah der Hohenhauser dann die Leute auf dem Wolfbrechter-Hof, und er sah sich selbst am gleichen Tisch mit der Maria. Doch immer wieder erinnerte er sich auch daran, dass er der Emma ein Kettel geschenkt hatte, denn die Emma arbeitete ja mit ihm zusammen auf Hof und Feld.

Er hatte mit ihr seit jenem Tag kein Wort gewechselt als das, was über die Arbeit und das Wetter zu sagen war. Eigenartig schien es ihr nun, dass er sie nicht mehr – wie früher oft – heimlich anschaute – und seinen Blick hatte sie immer gespürt. Er tat, als wäre nichts gewesen, als hätte er ihr kein Kettlein geschenkt. Er blieb verschlossen, ein Mann, der es nie dulden wollte, dass ihm jemand in sein Inneres schaute.

Aber sie schwieg und tat ergeben die schwersten Arbeiten auf dem Hof. Sie streute das nasse Gras auseinander, dass es gut trocknen konnte. Sie war die flinkste Recherin bei der Heuarbeit. Sie arbeitete unermüdlich und half noch am Abend bei der Hausarbeit. Todmüde sank sie dann auf den Strohsack. Aber trotz ihrer Müdigkeit schlief sie nicht ein. Das Kettel machte sie so glücklich und so traurig zugleich.

Denn der Hohenhauser schwieg. Er schwieg mit Worten und Gebärden. Er tat, als hätte er seiner Dirn nie ein Kettel gegeben! Und doch kreiste all sein Denken nur um diese beiden Frauen: Die eine war ihm nahe, die andere lebte auf dem Wolfbrechter-Hof jenseits des Tuxer Joches.

Der Emma war er nahe. Jeden Tag lebte und arbeitete er in ihrer Nähe. Jeden Tag aß er mit ihr aus der gleichen Schüssel. Und wenn er zufällig mit ihrem Löffel zusammenstieß, war ihm zumute, als müsste er den Löffel festhalten – und auch die schmale, braungebrannte Hand, die den Löffel hielt. Irgendeine ungeahnte Gewalt zwang ihn immer wieder mit aller Kraft zu ihr zurück ... Oft wollte er mit ihr sprechen und sie fragen: »Gefällt dir das Kettlein?« Doch der Hohenhauser war kein Mann der schnellen Entscheidung, der sich über Nacht durch irgendein Erlebnis anders entschied. Nur scheinbar ging er also seiner Arbeit nach, als kenne er nichts anderes und als denke er an nichts anderes – aber doch dachte er den ganzen Sommer lang an diese beiden Frauen ...

Nach dem hohen Frauentag am 15. August hatte sich das Wetter verschlechtert. Tagelang lastete ein undurchdringlicher, feuchter Nebel wie in Herbstzeiten über Berg und Tal. Schwer wurden Gerste und Hafer auf den Boden gedrückt, sodass das Korn zu faulen begann. Die Hintertuxer hatten große Angst vor einer Hungersnot als Folge einer Missernte.

Auf den Almen litten Mensch und Vieh unter dem drückenden, schweren Nebel. Die Hirten hatten alle Mühe, das Vieh zusammenzuhalten, da der Nebel jede Sicht genommen hatte. Dann fehlten eines Abends plötzlich zwei Kühe, eine davon gehörte dem Hohenhauser – und diese Kuh war sein Stolz, es war die »Hogmoarin«!

Diesen Ehrennamen trug sie nun schon zwei Jahre lang, denn bei den Wettkämpfen, die im Herbst ausgetragen wurden, war sie unbesiegt geblieben. So wie der Sieger, wenn die Burschen ihre Meisterschaften im Rangeln austrugen, sich Hogmoar nennen durfte, so gab man der stärksten Kuh den Namen »Hogmoarin«.

Ein richtiges Volksfest war es jedes Mal, wenn auf den Almen oder im Tal das »Kuhstechen« stattfand. Das schwarzscheckige Tuxer Vieh hatte weitum den Ruf, für diese Kämpfe besonders gut geeignet zu sein.

Die Hogmoarin hatte schon früh ihre Kampfeigenschaften gezeigt, denn sie hatte in ihrem Revier keine Nebenbuhlerinnen geduldet. Als der Hohenhauser das erkannte, hatte er sie besonders gut gepflegt und gefüttert. Schon bald nachdem Abkalben war das Melken eingestellt worden, sodass alle Kraft in das Fleisch und die Knochen ging. Den ganzen Sommer über hatte sie Roggen als Kraftfutter bekommen und war auf die fetteste Weide getrieben worden. Ihre Kampflust hatte man auch noch besonders gefördert, sodass sie jede fremde Kuh sofort mit den Hörnern anging und vertrieb.

Und ausgerechnet diese Hogmoarin des Hohenhauser war plötzlich im Nebelwogen verschwunden! Einen Tag lang hatten die Hirten alles abgesucht, ja sie waren bis zum Eis der Gefrorenen Wand hinaufgestiegen und hatten alle Schluchten durchsucht – aber die beiden Kühe blieben verschwunden.

Am Abend musste einer der Hirten den Gang zum Hohenhauser wagen und Mitteilung machen. Alle fürchteten seinen Zorn, darum stieg der älteste Senner in das Tal. Dort hieß es, der Hohenhauser sei droben auf den Bergmahdern der Mahdseite.

So stieg der Senner noch beim Dunkelwerden auf die Mahdseite hinauf, wo er den Bauern in der niederen Kochhütte traf. Die anderen Mäher waren schon schlafen gegangen. Ein niederes Feuerchen brannte. Der Hohenhauser war denkbar schlechter Laune, denn das gemähte Berggras verfaulte auf dem Boden. Und jetzt kam noch der Senner daher und überbrachte ihm diese schlimme Botschaft!

Der Hohenhauser ließ den Hirten stehen, ohne eine Antwort zu geben.

Lange Zeit dauerte dieses drückende Schweigen, sodass dem Hirten fast unheimlich zumute wurde und er wiederholte: »Glaub mir, Bauer, wir haben das Vieh zusammengehalten! Tag und Nacht sind wir dabeigeblieben – aber die Hogmoarin war auf einmal nimmer da!«

Immer noch schwieg der Hohenhauser, wie es seine Eigenart war, wenn ihn der Zorn packte. Es war dunkle Nacht. Der Nebel strich in feuchten

Schwaden um die Hütte. Das Feuerchen flammte wieder auf und beleuchtete fahl das Gesicht des Hohenhauser.

Verängstigt trat der Hirte aus der Dunkelheit in den schwachen Schein des Feuers: »Alpmeister, es ist nicht unsere Schuld! Wir werden morgen über das Joch gehen! Nach Tettens, vielleicht ist sie dort.« Nach Tettens?

Der Hohenhauser fuhr auf: »Und auf Tettens ist das Vieh von Ladins! Wenn die Hogmoarin das Vieh trifft, dann –« Er brauchte den Satz nicht mehr auszusprechen, denn der Hirte wusste selbst, wie angriffslustig die Hogmoarin des Hohenhauser war. Dann griff sie auch fremde Hirten an.

Der Hohenhauser sagte kurz: »Morgen in der Früh bin ich auf der Sommerberger Alm!« Und er fügte mit drohender Stimme hinzu: »Wenns nur nicht zu spät ist!« Schweigend blieb er dann auf der Türschwelle vor dem Feuerchen sitzen und ließ den Hirten stehen.

Dann stand er doch auf und reichte dem Senner beruhigend die Hand. Der Senner ahnte nicht, warum der strenge Alpmeister plötzlich freundlicher geworden war. So sehr ihn die Nachricht auch beunruhigt und geärgert hatte, unwillkürlich war dem Hohenhauser der Gedanke gekommen – der Gedanke an den Wolfbrechter-Hof. So hätte er eine Ausrede, um unauffällig über das Joch zu gehen …

6

Zu dieser Zeit war aber das Unheil schon lange geschehen.

Um die späte Nachmittagsstunde hatte sich das Vieh von Tettens in der Nähe der Steinhütte gesammelt. Auf einmal stürmte aus dem Nebel heraus eine fast schwarze Kuh. Es war eine Tuxer Kuh, wie der Ochsner gleich feststellen konnte. Er rief den Hirtenbuben. Beide gingen mit Stock und Geißel gegen die Tuxer Kuh vor.

Noch eine zweite tauchte aus dem Nebel auf, aber sie verhielt sich ruhig, während die erste wie ein schwarzer Teufel war! Sie ließ sich weder von Stock noch von Geißel vertreiben, wäre beinahe sogar den Ochsner angesprungen. Brüllend fuhr sie in das Vieh von Tettens hinein.

Eine Kuh stellte sich zur Wehr, aber die Tuxerin drängte sie zurück und stieß ihr die scharf gebogenen Hörner in die Seite. Ein wehes Brüllen hallte unheimlich durch die nebelverhüllten Berge.

Wieder versuchte der Ochsner, die Tuxer Kuh zurückzutreiben. Aber sie führte den Zweikampf fort. Auf und ab, hin und her wogte der

Streit. Beide Kühe brüllten. Das andere Vieh sprang unruhig durcheinander und überhörte das Locken des Hirten, der sich immer noch bemühte, die beiden auseinanderzubringen.

Nun gerieten sie gar gegen die Wand unter dem Hornspitz. Und plötzlich geschah es – die Kuh von Tettens verlor den Halt und stürzte über die Wand hinaus.

Der Ochsner hob den schweren Stock – aber schon rannte die Tuxer Kuh wieder zurück, laut brüllend, und fuhr mit den Hörnern einen Ochsen an.

»Wieder eine Tuxer Kuh!«, rief der Ochsner dem jungen Anderl zu, dem Sohn des Wolfbrechter Bauern. »Wir müssen abtreiben!«

Und er schwang die Geißel, es hallte der schrille Schlag, der Anderl blies in das Bockhorn. So trieben sie das Vieh von Tettens hinunter in das Tal am Kaserer Berg.

Erst als das Vieh abgefahren war, beruhigte sich die Hogmoarin von Tux und fraß gierig das saftige Gras. Sie suchte die besten Kräuter von Marbel und Mataun heraus und gab sich mit ihrer Begleiterin zufrieden.

Entsetzt sah der Ochsner das Unglück. Eine der schönsten Kühe des Wolfbrechters lag zerfetzt am Fuße der Wand. Da war keine Rettung mehr möglich.

Weinend lief der Anderl hinunter in das Tal und kündete dem Vater die böse Botschaft …

Langsam erhellte die Morgendämmerung die triefenden Nebelschleier. Da stand eine hohe Gestalt mit wallendem Hirtenmantel vor der Kaser und rief mit seiner herrischen Stimme: »Ich bin's! Der Alpmeister!«

Dann trat der Hohenhauser in die niedere Hütte, wo der Senner vor dem Käsekübel stand und eben Milch eingoss. Die anderen Hirten aßen das Rahmmus. Auf den Tuxer Almen standen die Hirten früh auf, denn es gab Arbeit in Hülle und Fülle.

Der Alpmeister setzte sich auf die Herdbank und legte den Mantel ab. Dabei sagte er: »Zwei gehn mit mir! Auch ein Seil mitnehmen!«

Er trank noch etwas Milch und aß hartes Brot dazu, dann trat er vor die Tür. Zwei Hirten begleiteten ihn. Draußen war es Tag geworden, wenn auch durch die drückenden Nebel immer noch etwas dämmerig. In aller Eile stiegen sie auf das Joch hinauf, und dann hetzten sie hinunter zur Tettensalm. Irgendetwas musste geschehen sein. Rufe kamen durch die Nebelwand. Manchmal brüllte das Vieh. Den Alpmeister packte die Erregung. Die Hogmoarin musste tatsächlich über das Joch gegangen sein! Was hatte sie hier wohl angerichtet? Sie würde sich nicht gescheut haben, auch einen Stier anzugreifen!

Groß hob sich die sonst so niedrige Steinhütte aus dem Nebelwallen. Einige dunkle Gestalten ragten in den Nebel hinein. Schwer hallten die Schritte des Hohenhausers auf den Steinplatten.

»Wolfbrechter, wir suchen die Hogmoarin! Ist hoffentlich nichts geschehen?«

»Nichts geschehen?«, fragte der Wolfbrechter mit seltsamem Unterton. Dann zeigte er zum Hornspitz: »Über die Hornwand ist meine beste Kuh abgestürzt! Vor der Tuxer Hogmoarin ist Mensch und Vieh nicht sicher!«

Es blieb lange Zeit drückend still. Dann fragte der Knecht spöttisch: »Geht ihr jetzt Küh suchen? Wär besser gewesen, ihr wärt gestern herkommen! Das ist ja keine Kuh nicht, das ist ein schwarzer Teufel! Da drüben steht er – dieser Teufel – da im Nebel! So eine Kuh lässt man nicht frei auf der Alm laufen!«

Der Hohenhauser hatte geahnt, dass ein solches Unglück geschehen könnte. Er hatte es den Hirten der Sommerberger Alm oft gesagt, sie sollten auf die Kuh aufpassen, dass sie ja nicht in eine andere Alm käme – aber jetzt war das Unglück geschehen.

Er streckte die Hand vor und sagte: »Wolfbrechter, du musst verzeihen! Aber – du weißt, die Hogmoarin ist mein ganzer Stolz. Weil's so nebelig gewesen ist, ist sie übers Joch auskommen. Nichts für ungut, Wolfbrechter. Für den Schaden will ich aufkommen!«

Der Wolfbrechter antwortete: »Ja, Hohenhauser, ich hab meine beste Kuh verloren – sie hätt' im Herbst gekälbert! Aber wir zwei sind Nachbarn.« Dann fügte er hinzu: »So eine Roblerin hab ich noch nie gesehen! Kannst stolz sein auf die Hogmoarin. Der möcht ich nicht unter die Hörner kommen.«

Da tauchte ein schwarzer Schatten aus dem Nebel. Es war die Hogmoarin, die die Stimme des Bauern und der Hirten gehört hatte. Langsam näherte sie sich dem Hohenhauser und den anderen Tuxern, die sie nun mit beruhigenden Worten anlockten. Mit gesenktem Kopf kam sie näher. Es war eine richtige Tuxer Kuh, schwarzweiß gefleckt, mit glänzendem Fell, die Hörner tückisch und gefährlich vorgebogen, mit glänzenden schwarzen Augen. Nur im Tuxertal gab es diese schwarzgefleckten Bergkühe, nicht besonders groß gewachsen, aber gedrungen und stark und immer wild ausschauend. Mit dem Grauvieh von Ladins vertrugen sich diese schwarzen Tiere überhaupt nicht.

Der Hohenhauser winkte den Hirten heran. Dann nahm er den Salzsack und näherte sich langsam der Kuh. Die Hirten richteten das Lederseil her. Weit streckte der Hohenhauser die Hand vor.

Die Kuh hob den Kopf, denn sie witterte das Salz. Zwei- oder dreimal steckte ihr der Hohenhauser Salz in das Maul. In diesem Augenblick hatte der Hirte das Lederseil über die Hörner geworfen. Die Ladinser wunderten sich, wie schnell die so wilde Kuh eingefangen war. Dem Hohenhauser gegenüber war das Tier nicht mehr störrisch und wild. Ruhig ließ sie sich dann von den beiden Hirten auf das Joch führen.

Auch die zweite Kuh war aus dem Nebel aufgetaucht und folgte willig nach. Als der Hohenhauser zurückblieb, begann sie laut zu brüllen.

Der Hohenhauser wiederholte: »Für den Schaden komm ich auf, Wolfbrechter! Ich geh mit dir hinunter nach Ladins!« So stieg der Wolfbrechter mit dem Hohenhauser, begleitet vom Anderl und dem Knecht, hinunter ins Tal.

Bei der Hörnerwand zeigte der Wolfbrechter hinüber: »Da ist die Kuh abgestürzt! Sie war gleich tot. Wir haben sie schon verräumt!«

Lange Zeit blieb es still. Der Hohenhauser spürte den inneren Vorwurf, denn wie jeder Bauer wusste er, was der Verlust einer solchen Kuh bedeutete.

Im Kaserer Berg weidete das Vieh von Tettens. Der bärtige Ochsner stapfte aus dem Nebel herbei.

»Jetzt kannst du wieder auftreiben«, sagte der Wolfbrechter. »Die Hogmoarin ist wieder überm Joch!«

Eine gewisse Verstimmung hatte sich zwischen beiden Bauern eingestellt. Der Wolfbrechter war sehr gutmütig, aber es ärgerte ihn doch, dass er diesen Schaden erlitten hatte.

Der Hohenhauser machte sich Vorwürfe, denn gerade mit dem Wolfbrechter Bauern wollte er gut stehen. So sagte er: »Ich werde dir beim Matthäusmarkt eine Kuh kaufen! Du kannst sie selbst aussuchen!«

Aber der Wolfbrechter wehrte ab und sagte: »Ich hab ja das Fleisch verwenden können! Jetzt gehst du mit mir nach Kasern, dann werden wir alles in Ordnung bringen!«

Auf diese Einladung hatte der Hohenhauser gewartet, denn nun kam er endlich wieder mit der Maria zusammen – gerade an sie hatte er in den letzten Tagen immer wieder gedacht!

Als sie zum Wolfbrechter-Hof kamen, einem wuchtigen Gebäude, aus mächtigen Baumstämmen gefügt, geschah etwas Seltsames: Schon am Kaserer Berg hatten sich die Nebel etwas gelichtet. Hoffnungsvoll hatten die beiden Bauern immer wieder in das Grau der Wolkenwände geschaut, aber erst als sie zum Hofe kamen, geschah das Wunder. Ein jäher Windstoß riss die Nebel wirbelnd durcheinander. Aus dem Wind wurde ein Sturm. Der graue Nebelvorhang wurde urplötzlich aufgerissen, und aus einem blauen Schlitz des Himmels strahlte die Sonne. War das eine Freude! Immer noch brauste der Wind und trieb die Wolken und den Nebel die Berge hinauf. Größer und größer wurde der blaue Fleck.

Die beiden Männer schauten wortlos diesem Schauspiel zu. Der Hohenhauser hatte dabei gar nicht bemerkt, dass die Maria am nahen Brunnen stand und das Milchgeschirr reinigte.

Jetzt rief sie: »Vater, der Hohenhauser hat uns die Sonn mitgebracht!«

Der Hohenhauser fuhr überrascht herum und ging nun rasch zum Brunnen. Lachend reichte er der Maria die Hand und sagte:

»Die Sonn, Maria, ist schon deinetwegen gekommen, ich hab sie nicht mitgebracht!«

Er schaute sich nach dem Wolfbrechter um, aber der war schon ins Haus gegangen. So hielt er die Hand der Maria noch länger fest umschlossen. Sie strahlte ihn an und sagte leise:

»Weißt du noch, Hohenhauser, wie unsere Löffel zusammengestoßen sind? Mich lacht man deswegen heut noch aus!«

Verwundert schaute er auf die Maria, die so gar nicht ihrem groben Vater glich. Sie hatte eigenartig zarte und schmale Hände. Auch ihr Gesicht war zart, und das Lachen verschönerte sie über alle Maßen.

Als er in die strahlenden Augen sah, wurden auch seine Züge milder. Die Hintertuxer hätten dem Hohenhauser solche Weichheit nie zugetraut.

Sie lud ihn nun ein: »Komm in die Stube, Hohenhauser!«

Wenn der Hohenhauser aber gemeint hatte, der Wolfbrechter hätte nicht gemerkt, wie froh er und die Maria sich am Brunnen begrüßten, so war er im Irrtum. Sehr wohl hatte der Wolfbrechter den freudigen Ton in der Stimme seiner Tochter vernommen und hatte auch gesehen, wie in die Augen des sonst immer so verschlossenen Alpmeisters ein frohes Glänzen gekommen war.

Als die beiden jetzt in die Stube traten, war der Kummer um die verlorene Kuh schon fast vergessen, zumal man sich wegen des Schadens recht schnell einig wurde.

»Also gut«, schloss er das Gespräch ab, »wegen der Kuh reden wir dann beim Matthäusmarkt!«

Die Sonne lachte freundlich durch die Fenster herein, es schien nun wirklich besseres Wetter werden zu wollen.

Mittlerweile hatte die Maria, zusammen mit ihrer Schwester, den Tisch gedeckt: Speck, Graukäse, hartes Brot und eine Schüssel voll rahmiger Milch.

Zuerst schüttete der Wolfbrechter zwei kleine Bleikrüglein mit Branntwein voll.

»Ja«, lachte er mit seiner dröhnenden Stimme, »ja, Hohenhauser, wenn du uns wirklich die Sonne gebracht hast, dass wir unser Heu noch hereinkriegen und dass unsere Gerste und der Hafer abreift, dann ist alles aufgewogen. Dann war der Schaden nicht so groß.«

Es wurde gemütlich erzählt und geredet. Im Mittelpunkt stand auf einmal wieder die Hogmoarin. Immer wieder musste der Hohenhauser erzählen, wie die schon im vergangenen Jahr den Sieg davongetragen hatte. Sie war zur berühmten Hogmoarin geworden!

Dann aber drängte es den Hohenhauser zum Aufbruch.

»Wenn du wieder übers Joch zum Richter gehen musst«, meinte der Wolfbrechter, »dann kannst du auf halbem Wege bei uns bleiben, wir haben gern einmal Gesellschaft!«

»Dank für die Einladung«, antwortete der Hohenhauser. »Dann werd ich auch am Matthäusmarkt einen Tag früher kommen.«

Dabei sah er erwartungsvoll die Maria an. Wieder bemerkte der Wolfbrechter den Blick und sah auch das Erröten seiner Tochter, und er war zufrieden.

Er geleitete den Gast vors Haus. Immer noch strahlte die Sonne aus fast wolkenlosem Himmel am Kaserer Spitz. Der Schmirner Ferner schimmerte rötlich.

»Morgen gibt es wieder einen schönen Tag«, sagte er, und die Maria, die neben dem Vater stand, wiederholte:

»Er hat uns wirklich die Sonn gebracht!«

Der Hohenhauser wandte sich zum Gehen, der Wolfbrechter trat ins Haus zurück, und die Maria ging ein paar Schritte neben dem Hohenhauser her, da sie in den Stall hinüber wollte.

Er reichte ihr noch mal die Hand und sagte: »Ja, Maria, zum Matthäusmarkt komm ich wieder übers Joch. Wenn du willst, gehen wir zusammen, deine Leut und unsre Leut. Es wird lustig werden, und vielleicht –«

Da kam ein Knecht vorbei, und als der Hohenhauser sich zufällig umwandte, sah er, dass der Wolfbrechter wieder unter die Tür getreten war.

Mit langen Schritten ging er nun davon, aber das Wörtlein »vielleicht« war der Maria Hoffnung genug.

7

Von diesem Tag an wagte der Hohenhauser nicht mehr, seiner Dirn, der Emma, in die Augen zu schauen. Er hatte sich innerlich schon entschieden: Sosehr er sich auch zur Emma hingezogen fühlte, die Maria galt ihm doch mehr. Mit ihrem Vater war er auch freundschaftlich verbunden. Wenn er zum Landgericht ging, hatte er beim Wolfbrechter-Hof immer freundliche Aufnahme gefunden, und jetzt käme noch die Verwandtschaft dazu. Und die Tochter erhielt auch Anteile oder Rechte auf die Alm von Tettens. So hatte der Hohenhauser lange und tief überlegt.

In diesem Sommer schlief der Hohenhauser nie mehr im gleichen Stadel mit der Emma. Sonst hatte er immer den alten Brauch eingehalten: In der Mitte des Stadels war der Platz für den Bauern, rechts von ihm lagen die Frauen und links die Knechte. In diesem Sommer vermied es der Hohenhauser, im gleichen Stadel zu liegen.

Wenn sie zu Abend gegessen hatten, ging er davon. In irgendeiner leerstehenden Kochhütte legte er sich nieder. Oft auch, wenn es eine laue Nacht war, rechte er sich etwas Heu zusammen, schichtete es auf und legte sich unter freiem Himmel schlafen, von seiner Lodenkotze zugedeckt. Dann kamen und gingen die Gedanken. Immer kreisten sie um Maria und Emma.

Ich hätt' der Emma das Kettel nicht geben dürfen, warf er sich immer wieder vor. Wenig half da auch, dass er sich sagte, er hätte ja noch nie ein Wort mit der Emma darüber geredet, dass das Kettel mehr bedeuten hätte sollen als nur eine Erinnerung an die Wallfahrt. Zur Erinnerung daran schenkte man doch Marientaler oder andere Gegenstände. Ja, nur als Erinnerung sollte die Emma das Kettel auffassen.

Er musste es ihr noch vor dem Matthäusmarkt sagen. Denn am Matthäusmarkt, das stand für ihn nun fest, wollte er auf dem Wolfbrechter-Hof vorsprechen und die große Frage stellen, die für ihn und die Zukunft des Hohenhauser-Hofes von Hintertux von so großer Bedeutung sein würde.

Wieder hatte er eine Nacht fast schlaflos verbracht. Bei Tagwerden erhob der Hohenhauser sich von seinem Lager, hämmerte vor der Hütte auf die Sense, und der helle Dengelschlag hallte über die Hänge. Von den anderen Bergwiesen kam die Antwort. Hell und froh klang das Lied.

Zwei Tage vor St. Matthäus (21. September) herrschte ein geschäftiges Leben auf dem Übergang von Hintertux nach Schmirn und von dort auf die Brennerstraße. Schmalzträger trugen auf mächtigen Kraxen Stötzlein mit goldgelbem Butterschmalz. Mit ihnen zogen auch Käseträger über das Joch. Sie hatten größere und kleinere Ballen Käse aufgeladen. Dazwischen wandelten wieder Kraxenträger daher, die eine riesenhafte Last trugen – aber die Last war leichter als die der Butterträger, denn sie bestand aus Tuxer Schafwolle, die einen guten Ruf bei den Tuchmachern in Innsbruck hatte und sehr begehrt war.

Und am Tag vor Matthäus folgten dann die Viehtreiber. Zuerst stolperte eine Schar Tuxer Almschweine über den steilen Bergweg. Sie hatten den Sommer im Freien gelebt und waren nur mit Milch und Käseabfällen genährt worden. Gras und Kräuter hatten sie ohnehin im Umkreis der Hütten genug gefunden. Drei oder vier Hirten mussten bei diesem Übergang dabei sein, denn die Tiere waren störrisch und wollten überall gehen, nur nicht auf dem ausgetretenen Weg. Manchmal brach die ganze Schar grunzend bergwärts aus. Dann mussten die Hirten alles aufbieten, um die störrischen Tiere wieder auf den rechten Weg zu bringen.

Nach den Schweinen folgten einige Triebe mit Schafen und Ziegen. Zum Schluss kam endlich schwarzscheckiges Tuxer Vieh, vor allem Ochsen, die auf den Markt gebracht wurden. In Ladins, in den Höfen von Kasern, von Obern und Madern, bekamen die Hintertuxer ihre Nachtherberge. Sie wurden freundlich und auch verwandtschaftlich in Küche und Stube eingeladen, wo sie ihre mitgebrachten Essensvorräte auspackten oder auch bewirtet wurden.

Der Hohenhauser war als Alpmeister schon einen Tag vorher mit den ersten Schmalzträgern über das Joch gestiegen. Er wollte den Wolfbrechter überraschen und hatte auf der Alm von Tettens eine Kuh gekauft, die er nun heruntergeführt hatte. Vom Hirten auf Tettens hatte er erfahren, dass der Wolfbrechter gerade diese Kuh seines Nachbarn sehr hoch bewertet hatte. Der Hirt hatte ihm den Verkauf vermittelt.

Rund um die niederen Steinhütten von Tettens herrschte heute ein besonders lustiges und abwechslungsreiches Leben. Man konnte kaum glauben, wie viel Volk aus dem Tuxertal, aus dem Zillertal, ja selbst aus dem Tiroler Unterland des Weges zog. Auch der Hohenhauser hielt sich lange Zeit dort auf. Er begrüßte alte Bekannte aus dem Tuxertal. Er redete mit den Hirten über Vieh und Schafe. Leutselig drückte er dann jedem die Hand, wenn die Marktgeher wieder abwärts stapften. Da stand plötzlich ein Reiter hoch auf dem Joch. Scharf hoben sich Ross und Mann gegen den blauen Himmel ab. Ohne anzuhalten, sprang der Reiter vom Ross und führte es den Weg herab. Hinter ihm aber tauchten zehn Saumpferde auf.

»Aha«, sagte der Hohenhauser zum Ochsner von Tettens, »jetzt kommen die Schmiede von Jenbach! Die haben wieder schwer geladen!«

Alles schaute neugierig zum Joch hinauf. In langer Reihe trotteten die Rösser den Saumpfad herunter. Näher kam das Schlagen der Hufe auf dem Weg. Manchmal wieherten die Pferde auf.

Aber noch ein Wanderer hatte die Aufmerksamkeit der Hirten und Bauern erregt. Er trug eine riesige Kraxe auf dem Rücken. Die Tuxer erkannten ihn mit ihren scharfen Augen schon gleich am Joch. Einer schrie: »Jetzt kommt das Ölmanndl!« Es war eine Art Heilkundiger, der durch Tal und Berge zog und Heilmittel verkaufte.

»Der fehlt bei keinem Markt an der Brennerstraße«, rief der Ochsner.

Eben waren die Saumrösser angekommen. Ungeduldig scharrten sie mit den Hufen. Ihr Fell war von Schweiß überzogen, denn der Aufstieg auf das Joch war lang, und die Lasten drückten schwer.

»Ihr habt aber Sensen geladen!«, begrüßte der Hohenhauser sie und fügte lachend hinzu: »Hättet ihr die Sensen nicht beim Hohenhauser abgeben können? Und zwei Hacken und einen Zepin!«

Nun lachten auch die anderen Hirten, und der Ochsner rief dem Reiter zu: »So müsst ihr alles zum Markt tragen und der Hohenhauser muss es wieder übers Joch herüberbringen!«

Es gab ein frohes Grüßen und Begrüßen. Der Ochsner war heute besonders guter Laune, denn morgen war der Vorabend von Matthäus und da wurde das Vieh von der Alm abgetrieben.

Da war auch das Ölmanndl herangehumpelt. Ja, er war wirklich gehumpelt. Die schwere Last schien das kleine Männlein ordentlich zu drücken. Gleich wurde es von allen Seiten lustig begrüßt. Es beantwortete jeden Gruß mit einem scherzhaften Wort. Gleich begann es von seinen Arzneien und Heilmitteln zu erzählen:

»Skorpionöl ist ganz besonders gut! Ich hab fünfzig Fläschlein!« Nun stellte es die Kraxe vorsichtig nieder. Die Fläschlein klingelten gegeneinander.

»Du hast aber schwer geladen«, sagte der Jenbacher Schmied und Meister.

»Ja, ja – es ist gut, das Skorpionöl! Und der Arnika-Schnaps zum Einreiben – und die Meisterwurz und der Enzian für den Magen, besonders am Kirchtag, wenn man zu fett gegessen hat!«

Das Ölmanndlein war in seinem Element. Wenn er zu reden begann, hörte er nicht mehr auf und pries seine Arzneien zum Himmel. Wie eine Quelle sprudelten seine Sprüche dahin. Gleichzeitig hatte er die kunstvoll gefüllte Kraxe geöffnet. Er zeigte die Fläschchen mit Skorpionöl, aber der Ochsner unterbrach ihn und wies ihn lachend zurecht:

»Nichts mit Skorpionöl! Wir sind keine alten Weiber! Aber du hast was gesagt von Arnika und Enzian! Das ist was anderes –«

Das Männlein ließ sich nicht aus der Ruhe bringen. Ganz unten in der Kraxe war das, was er suchte. Schelmisch meinte er: »Enzian hab ich nur als Medizin, nicht zum Trinken!«

Schon griff er in die Kraxe, hob ein kleines Gefäß aus Holz heraus, zwinkerte vergnügt und schaute lachend auf die seltsame Gesellschaft.

»Du kannst ja Wasser nachfüllen! Das Wasser von Tettens ist so gut, dass man es gar nicht spürt im Branntwein!«

Nun gab es aber eine große Überraschung. Der Schmied und Meister winkte dem Ölmanndl zu: »Gib uns allen einen guten Trunk! Wir haben es verdient! Der Weg ist weit! Aber der Markt an der Brennerstraße lohnt sich!«

Flink hatte der Kraxenträger ein Zinnkrüglein hervorgeholt, das er mit Enzian-Branntwein füllte. Der Schmiedmeister reichte dem Ochsner das Krüglein als Erstem. Dieser tat einen mächtigen Schluck. Seine Augen strahlten, so gut hatte ihm der Enzian gemundet. Eine Zeit lang dauerte es, bis fast alle an die Reihe gekommen waren. Der Schmied und Meister zog die Geldkatze und zahlte dem Ölmanndl zweieinhalb Gulden.

»Vergelt's Gott«, riefen Hirten und Bauern froh.

Mittlerweile hatte der Hohenhauser neugierig die Kraxe besichtigt. Manchmal hob er ein Medizingläschen und schaute es prüfend an. An der Seite der Kraxe war ein kleines, nur handgroßes und flaches Kistchen befestigt.

»Was hast du da drin?«, fragte er neugierig.

Das Ölmanndlein freute sich, seine Waren wie auf einem kleinen Markt zeigen zu können. Er öffnete das Kistchen, und der Bauer schaute voll Staunen auf kleine Schmuckstücke aus Granatsteinen. Auch der Schmiedemeister war neugierig herbeigekommen. Behutsam nahm der Hohenhauser eine Halsbrosche mit einem besonders großen dunkelroten Granatstein in die Hand. Die Sonne spiegelte sich rubinrot im Stein. Ob er wollte oder nicht – ein Gedanke hatte ihn plötzlich erfasst.

»Was willst du dafür?«

Bald wurden sie handelseins. Das Ölmanndlein war zufrieden. Der Hohenhauser steckte das Kleinod behutsam in die Tasche.

Auf dem Weg nach Ladins blieb der Hohenhauser mehrmals stehen, nahm den Granatstein in die Hand und ließ ihn von der Sonne schimmernd durchleuchten.

8

Und so stand der Hohenhauser am späteren Nachmittag vor dem Stall des Wolfbrechter. Die Kuh brüllte als Willkommensgruß, denn sie war im Nachbarstall daheim. Ungeduldig und unruhig drängte sie zur Seite.

Der Hohenhauser beruhigte sie: »Wirst schon deinen Stall bekommen, einen besseren noch als bisher! Da, beim Wolfbrechter wirst du jetzt daheim sein!« Diese Worte hatte er – wie es manchmal bei ihm geschah, wenn er mit Tieren redete – laut gesprochen.

Eine helle frohe Stimme antwortete: »Das ist ja die Bless vom Nachbarn! Die gehört nicht in unsern Stall!« Die Maria war aus einem Nebengebäude getreten und stand nun vor dem Hohenhauser.

Er schaute sie überrascht und lächelnd an – und gerade das Lachen gab seinem Gesicht einen ganz anderen Ausdruck als üblich. Er streckte die Hand vor und sagte: »Maria, die Kuh geht jetzt in den Stall da. Ihr habt durch meine Hogmoarin die beste Kuh verloren. Ich hab es dem Vater versprochen und halte mein Versprechen!«

Sie hielt seine Hand umfasst. Ihre etwas dunkle Hautfarbe rötete sich. Der Hohenhauser drückte ihre Hand mit großer Kraft. Dann zog er sie sogar etwas näher. Seine Stimme war nicht mehr so laut und rau wie sonst, eher durch ein Zittern gedämpft:

»Maria – hab ich nicht mein Versprechen gehalten, dass ich noch vor Matthäustag komm?«

Lange Zeit blieben sie so stehen. Sie spürte seinen Atem. Ein großes Glücksgefühl überkam sie. Der Hohenhauser aber war froh, dass er mit ihr allein zusammengetroffen war. In diesen Tagen hatte er alles überlegt, und der letzte Zweifel war ihm geschwunden. Und nun zögerte er keinen Augenblick mehr:

»Maria, ich bin nicht wegen der Kuh hergekommen oder wegen deinem Vater – sondern nur wegen dir!«

Sie schlug verschämt die Augen nieder und strich sich die Haare aus der Stirn. Fast klein und unscheinbar nahm sie sich gegen den mächtigen Mann aus. Doch dann schlug sie die Augen wieder auf und lächelte ihn lieblich an. Und gerade dieses Lächeln liebte er so an ihr. Er sah nur mehr ihr Gesicht. Seine Stimme wurde noch weicher: »Maria! Willst du mit mir über das Joch gehen?«

Da brüllte die Kuh unruhig auf und drängte zur Seite. Kinder vom Nachbardorf waren herbeigekommen. »Da kommt die Bless! Die hat ja der Vater nach Hintertux verkauft«, riefen sie.

Die Maria konnte auf die Frage des Hohenhausers keine Antwort mehr geben. Auch der Vater war aus dem Haus herausgetreten. Langsam stapfte er näher und streckte dem Hohenhauser die Hand entgegen:

»Grüß dich, Hohenhauser!«

Der Hohenhauser wiederholte, was er schon zuvor zur Maria gesagt hatte: »Hab ich nicht gesagt, dass ich noch vor Matthäustag auf Besuch komme?«

Dem Wolfbrechter fiel auf, dass der Hohenhauser immer noch die Hand der Maria umfasst hielt. Und wieder sah er, wie auffällig sich beide immer wieder anschauten. Die Kinder hatten sich an die Kuh gedrängt. Sie redeten aufgeregt durcheinander. Der Hohenhauser zeigte auf die Kuh und sagte:

»Du hast durch meine Hogmoarin die beste Kuh verloren. Heut will ich meine Schuld zahlen! Die Kuh ist dein.«

Dabei schaute er wieder verstohlen auf die Maria. Die Überraschung war auf Seite des Wolfbrechter Bauern. Er wollte die Kuh nicht annehmen. Aber der Hohenhauser führte sie kurzerhand in den Stall. Dabei sagte er doppelsinnig:

»Vielleicht werden wir doch handelseins, Wolfbrechter?«

Und wieder lächelte er verstohlen zur Maria, als wollte er andeuten, es gäbe noch einen zweiten Handel auszutragen. Auch sie lächelte schelmisch zurück – und wieder hatte es der Vater beobachtet. Auch er lächelte, als hätte er das Spiel der beiden durchschaut …

Und es gab einen schönen und langen Abend auf dem Wolfbrechter-Hof. Mit dem Hohenhauser hatten sich auch andere Hintertuxer eingefunden, die heute im Heu übernachten wollten, um morgen in aller Früh mit dem Vieh auf den Markt zu fahren. So herrschte in der großen Bauernstube des Hofes ein frohes und gemütliches Leben. Es wurde gelacht und gescherzt. Diese Menschen von Hintertux und Schmirn gehörten ja zusammen. Als Hirten waren die ersten Siedler über das Joch gestiegen, dann hatten sie die ersten Höfe angelegt, nachdem sie den Urwald im Talboden niedergebrannt hatten. Seit diesen Urzeiten hatte die Verbindung noch nicht aufgehört.

Immer wieder hatte es auch zwischen den zwei Bergsiedlungen Hochzeiten gegeben. Da sagte man dann kurz in der Volkssprache: »Sie ist über das Joch gegangen!«

An solchen Abenden geschah es dann auf den Höfen von Ladins, dass alte Freundschaft wieder aufgefrischt wurde, dass alte Erinnerungen erzählt und die letzten Neuigkeiten berichtet wurden. Gegenseitig suchten sich die alten Leute mit lustigen Geschichten zu überbieten. Es gab dann immer ein hallendes Gelächter beim jungen Volk. Schon im vergangenen Jahr hatten sie vielleicht dieselben Geschichten gehört, aber immer wieder schienen sie ihnen neu – und immer schöner!

Lange wurde noch erzählt und gelacht. Viele lustige Sprüche wurden gewechselt. Dann fragte jemand scherzhaft: »Wundern tut mich nur, wann wieder eine Tuxerin oder eine Schmirnerin über das Joch steigt?«

Da war eine Frage gefallen, die alle bewegte. In jedem Herbst wurde lange Zeit darüber geredet. Das gab Anlass zu fragen und wieder zu fragen.

»Schon zehn Jahre ist niemand mehr über das Joch gegangen«, meinte der Tuxer Schweinetreiber, »ja, wo kommen wir da hin!«

Der Knecht des Wolfbrechter begann plötzlich laut zu lachen, als wäre ihm etwas besonders Lustiges eingefallen. Dann schlug er die Faust auf den Tisch und verkündete: »Ich wüsst schon eine, die übers Joch geht!«

Gab das ein Gefrage; immer neugieriger klang es durcheinander: »Wer geht übers Joch?«

»Niemand im ganzen Tal!«

»Man hat nichts gehört!«

»Und in zwei Monaten ist Winter! Da kommt niemand mehr übers Joch!«

Aber der Knecht lachte noch lauter. »Ich kenne eine, die über das Joch geht!«

»Es geht keine übers Joch«, sagten die Ladinser einmütig, und die Tuxer antworteten: »Es geht keine übers Joch!« Der Spaß schien zu Ende.

Aber da deutete der Knecht auf die Maria, die neben dem Hohenhauser saß, der heute besonders aufgeräumt und guter Dinge war. Dabei sagte er: »Vor zwei Monaten ist der Hohenhauser da am gleichen Tisch gehockt. Wir alle haben mit dem Löffel Milch aus der Schüssel gegessen. Da sind die Löffel von der Maria und vom Hohenhauser zusammengestoßen – sonst war kein Löffel in der Schüssel!«

»So meinst du!«, lachte eine Dirn.

Der Knecht bekräftigte seine Worte nochmals mit dem alten Spruch: »Löffel zu Löffel! Und Mensch zu Mensch!«

Alle schauten sie auf die Maria, deren Gesicht errötete. Im fahlen Schein der Kerzenflamme konnte sie das Erröten nicht verbergen. Aber sie war beschämt, dass der Knecht diese winzige Begebenheit so auffällig erzählte und dass er vom »Jochgehen« gesprochen hatte. In ihrer Unsicherheit und Verlegenheit wollte sie eben aufspringen und aus der Stube laufen.

Die Dirn fasste sie an der Hand und ließ sie nicht los. Tröstend sprach sie: »Das ist ja nicht so gemeint, Maria! Das mit dem Löffel war ja nur ein Zufall!« Den Knecht aber schrie sie an: »Da brauchst du noch nicht zu reden, dass sie übers Joch geht! Verstanden!«

Aber da gab es eine unerwartete Überraschung, die zugleich auch den Höhepunkt des Abends bildete: Der Hohenhauser Bauer war aufgestanden. Die rechte Hand streckte er vor, als wollte er jemandem den Handschlag geben. Die linke Hand legte er auf die Schulter der Maria. Und zum Wolfbrechter gewandt sprach er feierlich: »Wolfbrechter! Es ist wahr! Sie geht übers Joch, deine Tochter Maria! Sie geht mit mir zum Hohenhauser-Hof!«

Zuerst blieb es fast totenstill in der niederen Stube. Alle schauten wie gebannt auf den großen dunklen Mann, der seine Hand vorstreckte und die andere schützend auf die Schulter der Maria gelegt hatte. Die Dirnen waren aufgesprungen und beugten sich über den Tisch zur Maria hin. Alle redeten durcheinander auf sie ein:

»Maria! Warum hast du uns nichts gesagt? Wird das ein schöner Kirchtag werden! Maria, wann gehst du übers Joch?«

Aber auch Bauern und Knechte redeten und lachten durcheinander.

Der Wolfbrechter Knecht beteuerte: »Hab ich nicht recht gehabt! Löffel zu Löffel und Mensch zu Mensch! Es muss einmal so sein!«

Endlich reichte der Wolfbrechter dem Hohenhauser die ausgestreckte Hand. Dabei sagte er: »Hohenhauser, wenn die Maria will, dann soll es so sein!«

Da senkte die Maria ihren Kopf mit den vollen dunkelbraunen Haaren und begann vor Glück laut zu weinen. Der Hohenhauser hielt die Hand des Wolfbrechter lange umfasst. In diesen wenigen Augenblicken hatte sich sein Leben entschieden. Der Knecht hatte es ihm mit dem Hinweis auf die zwei Löffel so leicht gemacht. Es war alles wie von selbst gegangen!

Nach dem Handschlag war der Hohenhauser noch stehen geblieben. Nun griff er in die Tasche seines schafgrauen Tuxer Rockes und zog etwas heraus. Die neugierigen Blicke der Frauen konnten nicht erkennen, was er in der breiten Hand hielt.

»Maria, das sollst du schon morgen tragen, wenn du auf den Markt nach St. Erasmus gehst. Und du sollst es immer tragen.«

Nun öffnete er die Hand und hielt ihr den Granatstein entgegen. Sie wagte kaum aufzuschauen. Eine feierliche Stille folgte. Dann ergriff sie langsam das schöne Kleinod. Und wieder begann sie schluchzend vor Freude zu weinen. Ehe es die anderen hindern konnten, war sie aufgestanden und aus der Stube gesprungen.

Es wurde noch ein langer Abend auf dem schönen Wolfbrechter-Hof. Der Tuxer Branntwein schmeckte den Männern besonders gut. In der Rauchküche aber war das Feuer neu entfacht worden. Geschäftig arbeitete das Frauenvolk, um in aller Eile, zur Feier des Abends, Krapfen zu backen. Bald stand eine mächtige Holzschüssel voll Krapfen auf dem Tisch.

Und es wurde für die Hintertuxer ein Tag großen Erlebens auf dem Matthäusmarkt an der Brennerstraße. Auf dem Weg, am Marktplatz, in den Gasthäusern, beim Landgericht – ja, wo immer sich ein Hintertuxer mit einem anderen traf, gab es an diesem Tag nur ein Gespräch – der Hohenhauser und die Maria.

»Die Maria geht übers Joch!« Diese Nachricht wurde schon am gleichen Tag in ganz Hintertux erzählt.

Als der Hohenhauser gegen die vierte Morgenstunde heimkam auf seinen Hof, brannte noch das offene Feuer in der Küche. Seine Schwester saß neben dem Herd, halb eingeschlafen.

Sie erwachte und ging ihm entgegen. Dann sagte sie: »Ich kenne mich nicht mehr aus! Die Emma – sie ist im ganzen Haus nimmer zu finden!«

9

So war also die Maria vom Wolfbrechter-Hof über das Joch gestiegen und Hohenhauserin in Hintertux geworden.

Es schien, als wäre alles recht wohl geschehen. Der stolze Hohenhauser freute sich des Lebens: Der große Hof mit Wiesen und Äckern, mit Wald und Alm, mit dem schwarzscheckigen Vieh – das alles war seine Welt! Das machte seine Tage schön und lebenswert! Und nun noch die Wolfbrechter-Maria als seine Bäuerin!

Aber schon in den ersten Jahren schlich sich ein Schatten in das Glück. Das erste Kind war eine Tochter, die auf den Namen Maria getauft wurde, wie ihre Mutter.

Es folgte im zweiten Jahr wieder eine Tochter, die man Brigitta nannte, und im dritten Jahr kam eine Emma auf die Welt. Warum der Vater gerade diesen Namen wählte und beharrlich darauf bestand, wusste niemand zu sagen. Ihn aber hatte es gezwungen, diesen Namen zu wählen, denn er hatte die Emma von einst nicht vergessen.

Die Schatten verdichteten sich, denn als die Emma zur Welt kam, wurde die Mutter schwer krank und wollte sich nicht mehr erholen. Selbst die einfachsten Hausarbeiten waren ihr zu beschwerlich. Sie war von einer seltsamen Schwäche befallen und konnte nur mehr die leichtesten Speisen vertragen. Dieser Zustand hielt alle folgenden Jahre an.

Mit Schrecken musste sich dann der Hohenhauser gestehen, dass den drei Töchtern kein Sohn nachfolgen könne. Diese Erkenntnis bedrückte ihn in solchem Maße, dass sein ohnehin so hartes Wesen sich noch stärker abschloss. Er wurde noch schweigsamer. Manchmal sprach er mit seiner Frau tagelang kaum einige Worte. Langsam entstand eine Entfremdung zwischen den Eheleuten.

Die Maria litt unsäglich darunter, dass sie ihrem Mann keinen Sohn schenken konnte. Sie litt auch unter der Entfremdung, ja sie begann sich sogar zu fürchten. In vielen Nächten lag sie schlaflos im Bett.

Den Hohenhauser trieb eine innere Unruhe hin und her, rastlos war er tätig. Es schien geradeso, als ob er irgendetwas betäuben wollte.

Den Hintertuxern war sein Eifer nur gerade recht. So wurde er zum Kirchpropst von Tux gewählt, ein Ehrenamt, das schon immer eine große Auszeichnung war. Nach wie vor vertrat er auch die Belange der Hintertuxer bei der Gemeinde und vor Gericht.

Daher stieg er immer wieder über das Joch zum Landgericht an der Brennerstraße. Man sah ihn auf den großen Märkten an der Brennerstraße oder in Zell im Zillertal. Mit aller Leidenschaft ergab er sich der Viehzucht und gewann darin einen immer größeren Namen. Jedes Jahr bildete eine wilde Robler-Kuh seinen Stolz. Beim Kuhstechen in Zell wurde diese Hohenhauser Kuh fast jedes Jahr zur gefürchteten Hogmoarin. Das Tuxertal und das Zillertal nahmen an diesem Volksfest teil. Auch beim Widderstoßen zeichneten sich die grauen zottigen Widder vom Hohenhauser besonders aus. Vor dem Kampf erhielten sie ein ordentliches Maß Branntwein, damit sie wilder und kampflustiger werden sollten.

Bei solchen Festen vergaß der Hohenhauser seine düsteren Gedanken. Wenn er dann in später Nachtstunde heimkehrte, wurde beim offenen Herdfeuer noch lange geredet und erzählt. Sonst aber war er schweigsam und verschlossen.

Wenn er früher über das Joch gestiegen war, hatte er immer beim Wolfbrechter-Hof Rast gemacht und eine Nacht verbracht. Plötzlich aber wich er dem Wolfbrechter-Hof aus. Er schlich sich in der Nacht vorbei, um nicht gesehen zu werden. Und bei diesen Gängen brachen alte Erinnerungen auf. Da fragte er sich dann: Warum habe ich denn mit der Maria zusammenkommen müssen? Wie wär der Weg über das Joch so schön geblieben, wenn ich gleich nach der Wallfahrt zu St. Valentin mit der Emma heimgegangen wäre!

Immer häufiger tauchte in diesen Jahren ein Gesicht auf, das er vergessen geglaubt hatte. Aber er hatte es doch nie vergessen können. Dieses Gesicht quälte ihn im Dunkel der langen Winternächte. Es erschien aber auch während der Arbeit in Stall und Feld oder auf seinen einsamen Gängen. So unklar sich diese Erscheinung zuerst aufdrängte, umso klarer und reiner wurde das Bild im Laufe der Zeit. Immer stärker kam ihm dann die Erkenntnis, dass – er wagte den Gedanken nicht auszudenken. Nur das eine wurde ihm erdrückend klar, dass er dieses Gesicht nie vergessen könne. Daher hatte er seine dritte Tochter auch Emma genannt.

Aus der stillen Anklage auf einsamen Bergwegen war ein Vorwurf geworden: Warum hast du der Emma nur das Kettel gegeben und nicht auch die Hand und das Herz? Die wahre Liebe soll man nicht kaufen und erkaufen! Sie ist ein geheimnisvolles Ding! Das Herz spricht eine andere Sprache als der Mund oder der Verstand!

So stand der Hohenhauser in den besten Mannesjahren, aber er hatte das Gefühl, als wären seine Hände gebunden. Ein Trost war ihm seine Tochter Maria. An ihr hatte er eine große Freude. Sie war blond, wie so viele Tuxerinnen, und in ihrem Wesen glich sie ganz ihrem Vater. Schon als Kind war sie sehr selbständig gewesen. Sie wusste ihren Willen immer durchzusetzen – und merkwürdig genug – selbst der Vater gab ihr nach. Sie verstand es, lieblich und schmeichelnd zu lächeln, dass ihr niemand widerstehen konnte. Sie wusste aber auch ihr Ziel mit Tränen zu erreichen oder mit einer unbeugbaren Hartnäckigkeit. Auf allen Höfen hatte man das Kind sehr gern. Aber trotz aller Freude an dieser Tochter – sie war kein Bub, auf dem Hohenhauser-Hof gab es keinen Erben.

So gingen die Jahre dahin in dem ewigen Gleichmaß von Frühling, Sommer, Herbst und Winter, von Saat und Ernte, von Werden und Vergehen.

Das schwarze Haar des Hohenhauser war von den ersten grauen Fäden durchzogen. Scharfe Falten hatten sich seinem Gesicht eingeprägt, sodass es noch finsterer und verschlossener wirkte.

Die Hintertuxer hatten sich daran gewöhnt, und ihre Fröhlichkeit litt nicht mehr darunter, wenn ihr Sprecher mit finsterem Gesicht bei ihnen hockte.

Ihn sah man, so wussten sie, ja doch nur einmal im Jahre lachen, und das war, wenn beim Kuhstechen seine Kuh wieder Hogmoarin wurde. Ja, sonst sah man nie mehr den Hohenhauser lachen.

10

Und dann kam wieder ein Palmsonntag.

Noch leuchtete die herrliche Berglandschaft im strahlendweißen Kleid des Winters, da es einige Tage vorher geschneit hatte. Der Olperer und die Gefrorene Wand schimmerten im Licht der Morgensonne. War das ein schöner Tag!

In der siebten Morgenstunde begann der Kirchgang. Der Hohenhauser war eben vor die Haustür getreten, hinter ihm der Geißbub, die beiden Knechte, dann das Frauenvolk. In seinem schmucken Gewand schaute er sehr stattlich aus. Er trug die kurze schwarze Lederhose und dickwollene Strümpfe. Seine hellgraue Tuxer Joppe war mit einem Flörl an der linken Brustseite verziert. So wollte es der Brauch.

Auch die anderen Bauern waren vor das Haus getreten. Sie grüßten sich gegenseitig. Immer wieder hörte man den Ausruf: »Ein schöner Tag heut!«

Jetzt kamen die Buben daher und trugen die Palmbuschen. Jeder Bub wollte den größeren und schöneren haben.

Dann formierte sich der Zug der Hintertuxer zur Kirche von Lanersbach. Mit schnellen, kurzen Schritten stapften die Buben durch den Schnee, dahinter gingen die Frauen, und als letzte folgten die Männer, gemächlich und langsam.

Auf dem Weg talauswärts gesellten sich die Bauern der wenigen Einödhöfe zu ihnen.

Als die Dirnen beim Stockbauern vorbeigingen, kam wie zufällig der Felix, der zweite Sohn vom Stockbauern, des Weges und traf gerade beim Zaun mit den drei Töchtern des Hohenhauser Bauern zusammen. Er grüßte freundlich und machte einen Scherz. Die Dirnen lachten, dann gingen sie eilig voran. Der Stockbauer wartete auf die Männer.

Als sie in die Nähe der Kirche kamen, waren es wohl an die hundert Leute. Vor der Kirche staute sich der Zug. Die Buben maßen gegenseitig die Palmbuschen ab, wer wohl den längsten und schwersten habe.

Als die Dirnen dort angekommen waren, gab es eine frohe Begrüßung mit Bekannten und Verwandten des Außertales. Alle diese jungen Dirnen glichen einander irgendwie durch ihre einheitliche Kleidung. Die Tuxer Hütlein standen ihnen besonders gut. Fast alle waren sie blond und milchfarbig im Gesicht. Die wärmenden Strahlen der Sonne aus dem tiefblauen Himmel hatten ihr Gesicht leicht gerötet.

Die Buben mit den Palmbuschen gingen gerade in die Kirche hinein, als ein fremder Bursche in der schmucken Talkleidung des Weges kam.

Sein Gang war leicht und sicher, wie es den Bergmenschen eigen ist.

Gerade drängten die Dirnen zur Kirchentür hinein, als er betroffen innehielt. Seine Augen waren denen der Maria begegnet.

Scheu senkte sie den Kopf, aber eine eigenartige Röte war in ihre Wangen gekommen, und ihre Hände pressten sich um das Gebetbuch. Unwillkürlich verhielt sie den Schritt.

»Was ist denn, dass du nicht weitergehst?«, fragten die anderen Dirnen. Da hatte die Maria sich wieder gefasst und betrat das Gotteshaus.

Der fremde Bursch stand wie angewurzelt an seinem Platz und schaute der Dirn nach, bis sie seinem Blick entschwunden war.

Ein Bauer trat auf ihn zu und begrüßte ihn. »Bist du nicht der Hirt von der Elsalm? Freilich bist du's! Hätt' dich in dem Gewand heute beinah nicht erkannt!«

Der Bursch nickte. »Hast Recht, ich bin der Hirt von der Elsalm.«

»Was tust denn hier in Lanersbach?«

»Ich möcht heut noch nach Hintertux. Ich hab gehört, der Hohenhauser sucht einen Schäfer für die Tuxer Wandalm.«

»Dann kannst ihn nachher gleich fragen, er ist heut auch hier.«

Der Bauer wandte sich ab, da nunmehr die Männer in die Kirche traten. Der fremde Bursch schloss sich ihnen an.

Eine rechte Andacht wollte ihm nicht kommen. Immer wieder ging sein Blick zur Frauenseite hinüber und suchte nach der Dirn, die ihm zuvor so aufgefallen war.

Da kniete sie, weit vorne, ganz in Andacht versunken. Er musste sich nachher umhorchen, wer sie sei, wenigstens den Namen musste er erfahren, wenn er sie schon nicht selber nach dem Gottesdienst sprechen konnte.

Kaum hatte der Priester den Segen erteilt, da drängte der Bursch hinaus. Aber sosehr er sich auch umsah, die blonde Dirn war nicht unter den Herauskommenden. Sie musste wohl bei der Seitentür hinausgegangen sein. Nunmehr besann er sich, warum er heute hierhergekommen war, und fragte sich zum Hohenhauser durch, der mit anderen Bauern noch in das Wirtshaus gegangen war.

Auch die Maria hatte immer an den fremden Burschen denken müssen. Noch nie hatte ein Mann sie so angeschaut wie dieser Unbekannte. Und sie musste sich eingestehen, dass er ihr ausnehmend gut gefallen hatte.

Obwohl alles in ihr danach drängte, den Burschen wiederzusehen, folgte sie ihren Schwestern nach dem Gottesdienst durch die Seitentür hinaus und machte sich sofort auf den Weg heimzu. So still und versonnen war sie auf dem Weg, dass es den Schwestern auffiel und sie sie nach dem Grund fragten.

»Gar nichts ist los«, erwiderte sie und schritt den Schwestern voran.

Gegen Mittag zu kehrte der Vater mit den Knechten heim. Maria hörte die Männer vor dem Hause sprechen. Es musste ein Fremder mitgekommen sein, denn sie hörte den Vater gerade sagen: »Das ist also der Hohenhauser-Hof.«

Schnell ging sie in die Küche hinaus, um den Schwestern das zu sagen. Dann warf sie einen Blick aus dem Fenster, um zu sehen, wer es sein mochte. Ihr Herz begann zu rasen: Das war doch der fremde Bursche, an den sie immerzu hatte denken müssen! Eine heiße Röte schoss ihr in die Wangen.

Der Bursche schaute sich um, und wie prüfend fiel sein Blick auf die alten Holzhäuser, die genau wie die Ställe und die Getreidekästen aus wuchtigen Holzstämmen gefügt waren. Wie Schutz suchend drängten sich die alten Höfe aneinander. Von den Dächern tropfte das Schmelzwasser, denn warm brannte die Sonne vom tiefblauen Himmel. Es wurde Frühling in Hintertux.

»Ein paarmal bin ich schon an Hintertux vorbeigekommen«, sagte nun der Bursche mit seltsam hallender, starker Stimme.

»Dann bist eh nicht mehr ganz so fremd hier«, hörte die Maria den Vater antworten. »Komm mit hinein!«

Jetzt traten die Männer in das Haus und in die Küche. Der Bursche zuckte zusammen, als er die Maria sah. Sie hier zu treffen, hatte er nicht erwartet. Der Bauer merkte nicht, dass er wie vom Schlag gerührt stehenblieb.

»Komm nur herein«, wiederholte er, und dann, zur Maria gewandt: »Der möcht unser neuer Schäfer für die Wandalm werden, bisher war er Hirt von der Elsalm.«

Gut, dass es in der Rauchküche dämmerig war, weil die niederen Fenster nur wenig Licht hereinließen. So fiel es nicht auf, wie verlegen die Maria und der Schäfer sich gegenüberstanden: In der Früh, beim Kirchgang, hatten sie sich zum ersten Mal gesehen, nur wenige Augenblicke lang hatten sie sich angeschaut und schon hatten sie eine eigenartige gegenseitige Anziehung verspürt. Und jetzt trafen sie sich so unverhofft wieder!

»Ja«, wiederholte der Hohenhauser, »der will unser neuer Schäfer werden.«

Der Bursche verlor die Starre. Er ging zur Bäuerin hin, die müde und kränklich am Herd hockte, und reichte ihr die Hand zum Gruß. Dann begrüßte er die Brigitta und die Emma, und als Letzte gab er der Maria die Hand mit festem Druck.

Wieder schoss ihr eine Röte in die Wangen, und verlegen schloss sie die Augen.

Der Hohenhauser winkte ihm zu, dass er ihm folgen sollte, und ging mit ihm in die Stube. Die flimmernden Sonnenstrahlen warfen ihr Licht auf den hellgescheuerten Fußboden.

Der Bauer trat an das Fenster und sah hinaus auf die schneeglitzernden Hänge, wo die Wandalm lag, die nun einen neuen Hirten bekommen sollte. Dann wandte er sich langsam um, sah den Schäfer mit durchdringendem Blick an und fragte: »Wie lange bist du auf der Elsalm gewesen?«

Der Bursche berichtete, dass er eigentlich schon sein ganzes Leben lang nur Hirt gewesen sei. »Aber«, so schloss er, »auf der Elsalm sind vier Hirten und Senner – und ich bin lieber für mich allein.«

Der Hohenhauser hatte den prüfenden Blick noch nicht abgewandt. Der Bursche gefiel ihm. »Ich bin lieber allein«, hatte er gesagt. Das war die richtige Einstellung, die ein Hirt haben musste.

»Ich habe Schafe so gern«, sagte jetzt der Bursche. »Deswegen möchte ich Tuxer Schäfer werden.«

Diese Worte schienen dem Hohenhauser gefallen zu haben, denn auch er liebte die Schafe und hatte in seinen jungen Jahren mehrere Sommer auf der Wandalm gehütet. Aber noch kannte er nicht einmal den Namen des Neuen; so fragte er forschend:

»Und wo bist du im Winter geblieben? Da auf Tux hab ich dich nie gesehen!«

Der Schäfer entgegnete, er sei im Winter auf einem der Asthöfe Knecht gewesen.

Darauf kam unvermittelt und herrisch die Frage des Hohenhauser: »Dann bist du also nicht im Tuxertal daheim?« Er ließ ihm keine Möglichkeit zur Antwort, sondern fragte weiter: »Oder hast du Verwandte bei uns?« Es schien, als wollte der Schäfer nicht gerne darüber sprechen, sodass der Bauer ungeduldig seine Frage wiederholte: »Hast du Verwandte bei uns?«

Nun gestand der Schäfer: »Ich habe keine Verwandten im Tuxertal.« Ernst sah er den Bauern an, als er leiser fortfuhr: »Mein Vater war der Valentin Profer – und ich hab den gleichen Namen – Profer!«

Nun war dem Hohenhauser alles klar geworden. Valentin Profer war ja im ganzen Tal bekannt gewesen. Er gehörte zu den Andersgläubigen im Zillertal, war einer der Anführer gewesen und mit den Zillertaler Protestanten nach Preußen ausgewandert. Ja, jetzt war alles klar. Die Erinnerung an diese unglückselige Zeit und die Erbitterung darüber waren noch lebendig geblieben. Die Stimme des Schäfers klang bedrückt und traurig:

»Weil die Mutter krank war, ist sie im Tal geblieben – und als sie dann gestorben ist, bin ich nach Finkenberg zu frommen Leuten gekommen …«

Der Hohenhauser schaute seinen Gast nachdenklich an. Lange Zeit lastete das Schweigen.

Der junge Hirt fühlte wieder die Angst aufsteigen und sagte leise: »Wenn du mich deswegen nicht haben willst, dann geh ich übers Joch ins Pustertal. Vielleicht, dass ich dort etwas finde, wo es mir gefällt und wo man mich brauchen kann.«

Immer noch schwieg der Bauer, und er erinnerte sich der unseligen Zeit, wo die Spannung zwischen den Katholischen und den Protestanten das ganze Tal in Streit und Unfried hatte durcheinanderkommen lassen.

Und in dem jungen Hirten standen die Kindertage wieder auf, wo ihm die Buben wie einen Schandruf nachgeschrien hatten: »Protestant! Protestant.« Und jetzt hatte er dem Hohenhauser, der Kirchpropst war, seinen Namen genannt und seine Herkunft eingestanden. Er fühlte, wie in dem Bauern ein Misstrauen aufstand.

»Bei uns im Tuxertal ist damals kein einziger ausgewandert«, sagte er jetzt stolz. »Kein einziger!«

Schon wollte der Schäfer sich zum Gehen anschicken, denn das war wohl die Antwort auf sein Ansuchen, Schäfer auf der Wandalm zu werden.

Da streckte der Hohenhauser ihm die Hand entgegen. »Gut, Profer, einverstanden! Kannst morgen einstehen bei mir, Tuxer Schäfer!« Ein fester Handschlag besiegelte den Vertrag.

Und so kam es, dass der junge Hermann Profer an diesem Palmsonntag in der Stube des Hohenhauser saß, wo er zu Gast geladen wurde. Ihm kam alles so seltsam vor.

Die Maria stellte eine riesige Schüssel voll Knödel auf den Tisch. Das Tischgebet begann. Dumpf und hell mischten sich die Stimmen durcheinander. Manchmal schaute der Gast scheu und verlegen auf die Maria, die ihm gegenübersaß und von Zeit zu Zeit in die Küche ging, um etwas zu holen.

Aber heute war Palmsonntag. Wie immer an Sonntagen, erfolgte mittags der zweite Kirchgang nach Lanersbach, um dort den Rosenkranz zu beten.

Diesmal ging der neue Tuxer Schäfer mit den Hohenhauser Leuten gemeinsam. Erst nach dem Kirchgang schritt er talauswärts, um am nächsten Tag mit seinen wenigen Habseligkeiten zurückzukehren.

11

Vier Jahre lang schon hütete der Hermann Profer auf der Wandalm die graugesprenkelten Schafe. Die Bauern von Hintertux waren mit dem Hirten sehr zufrieden, der nun kurzweg der Tuxer Schäfer genannt wurde.

Seine Hirtentätigkeit begann schon im Mai, wo die Schafe in der Tuxaue zwischen Hintertux und Mahdseite weideten. Dann wurden sie langsam höher und höher aufgetrieben, zuerst im schütteren Wald, dann hinauf zur »Soalstöte«. Jedes Mal aber mussten die Schafe während dieser Zeit am Abend wieder zur Tuxaue zurückgetrieben werden, wo sie während der Nacht in einen Hag eingesperrt wurden. Am Veitstag erfolgte dann der eigentliche Einzug in das Reich des Tuxer Schäfers.

In den Wintermonaten war der Tuxer Schäfer nicht beim Hohenhauser als Knecht geblieben. Das war allen Hintertuxern unverständlich, denn der Hohenhauser-Hof galt als guter und angesehener Dienstplatz. Wenn er gefragt wurde, gab er eine ausweichende Antwort. Er ginge im Spätherbst Granatsteine suchen, und im Winter bleibe er auf den Asthöfen.

Es war wirklich eine Ausrede, denn er wäre gern auf dem Hohenhauser-Hof geblieben, tat es aber nicht wegen der Maria. Kaum jemals hatte er in all den Jahren eine Gelegenheit gefunden, mit ihr mehr als nur ein paar Grußworte zu wechseln, aber dennoch erfüllte sie sein ganzes Herz. Wie hätte er es aushalten sollen, in den Wintern monatelang mit ihr gemeinsam im gleichen Haus, unter dem gleichen Dach zu leben? Dass das der Grund dafür war, wenn er im Winter nicht auf dem Hohenhauser Hof blieb, wusste nur er allein – und vielleicht ahnte es die Maria.

Wieder war es Ostern geworden. Zum fünften Mal machte der Tuxer Schäfer sich auf den Weg nach Hintertux, um sein Amt anzutreten.

Freundlich grüßte man ihn, als er an den Höfen vorbeiging.

»Ah! Der Schäfer ist wieder da!« Nun hatte der Winter ein Ende.

In jedem Jahr, wenn er etwas ungestüm die Tür aufriss, hatte die Bäuerin am Herd gestanden und ihn als Erste begrüßt. Dass es ihr heuer gar nicht gut ging, wusste er nicht, denn bei keinem Hof hatte er zu einem Gespräch eingehalten, sondern war sofort zum Hohenhauser-Hof gegangen, als zöge ihn von dort her etwas mit Zauberkräften an.

Er riss die Tür auf und blieb wie gebannt auf der Schwelle stehen. Das Bild, das er vor sich sah, war oft und oft durch seine Träume bei Tag und Nacht gegeistert: Am Herd stand die Maria, genau so, wie er sie in Erinnerung hatte, groß, schlank, zart. Das Gesicht angestrahlt vom warmen Schein des offenen Herdfeuers. Eine blonde Haarsträhne hing ihr in die Stirn.

Freundlich lächelte sie ihn an, und ihre Wangen röteten sich ob der Wiedersehensfreude. »Tuxer Schäfer!«, flüsterte sie und streckte ihm die Hand zum Willkommensgruß entgegen.

Scheu trat er näher und ergriff die Hand, aber er fand kein Wort. Alles, was er hatte sagen wollen, war vergessen. Noch nie war die Maria ihm so schön erschienen wie bei diesem Wiedersehen ...

Den Jubelruf, den die Kinder durch das Dorf trugen: »Der Schäfer ist wieder da!«, hatte auch der Hohenhauser vernommen, der beim Nachbarn gewesen war.

Seltsam, gar so froh wie die anderen Hintertuxer war er gar nicht darüber. Zwar hatte er nichts gegen die Arbeit einzuwenden, wie der Schäfer sie tat, und doch war ihm in den vergangenen Jahren ein Verdacht gekommen. Mehrfach hatte er beobachtet, wie eigenartig der Schäfer seinen Blick hatte hinter der Maria hergehen lassen und welch sonderbarer Ausdruck oft in die Augen seiner Tochter getreten war, wenn der Schäfer in ihrer Nähe war, so träumend und in sich gekehrt.

Sollte sich da etwas anbahnen? Seine Tochter und der Sohn eines Auswanderers, der im Heimattal so viel Unruhe gestiftet hatte?

Es war ihm nur recht gewesen, dass der Schäfer die Winter über nicht auf seinem Hof blieb. Im letzten Herbst hatte er sogar einen neuen Schäfer aufdingen wollen, aber die anderen Bauern hatten sich ihm widersetzt.

»So einen Schäfer haben wir schon lange nicht mehr gehabt«, hatte es geheißen, und der Hohenhauser hatte, ganz gegen seine Art, nachgegeben, weil er ja nichts Abträgliches gegen den Schäfer hatte vorbringen können.

Mit langen Schritten stapfte er seinem Hof zu und riss die Tür genauso ungestüm auf, wie es zuvor der Schäfer getan hatte.

Die beiden bemerkten seinen Eintritt nicht. Hand in Hand standen sie vor dem Herd, angeleuchtet von der Glut, und der Hohenhauser musste widerwillig bei sich zugeben, dass sie ein prächtiges Bild abgaben.

»Ah! Der Tuxer Schäfer ist wieder im Land!«, sagte er hart, kein Ton eines freundlichen Willkommens war in der Stimme.

Ohne Zeichen eines Erschreckens wandte der Schäfer sich ihm zu, während die Maria eifrig in einem Topf zu rühren begann.

»Ja, Hohenhauser«, sagte er und streckte dem Bauern die Hand entgegen, »da bin ich wieder, wie wir es ausgemacht haben!«

Der Bauer ergriff die Hand und sah ihm fest in die Augen. Nein, darin zuckte keine verräterische Verlegenheit. Frei und offen war der Blick. Er hatte sich mit seinen Vermutungen doch wohl getäuscht. Aber aufmerksam wollte er bleiben, beschloss der Hohenhauser bei sich.

Damit war der Schäfer für ein neues Jahr in seinen Pflichten eingespannt, und schon am nächsten Morgen begann für die Buben von Hintertux ein großer Tag, auf den sie sich von dem Augenblick an, wo der Schäfer wieder aufgetaucht war, freuten.

Denn es war ihre Aufgabe, von den Ställen und Ästen die Schafe zusammenzutreiben, die bereits alle mit den Hofzeichen gekennzeichnet waren, auch die Junglämmer. Bald war die große Schar zusammen, die sie den Schäfer hinauszutreiben halfen zur Tuxaue, dem ersten Weideplatz, noch im Tal gelegen.

12

Mit diesen Frühlingstagen hatte eine geschäftige Zeit begonnen.

Die Männer stellten an den Hängen die Zäune wieder her, die man im Herbst niedergelegt hatte, um sie nicht durch die Lawinen zerstören zu lassen. Dann mussten Wiesen und Äcker vom Lawinenschutt gereinigt werden, unter dem Felsbrocken waren, an denen mehrere Männer zu tun hatten. Arbeit über Arbeit gab es auch im Wald und auf der Alm, und alles musste rasch erledigt werden, denn der Frühling ist in Hintertux nur kurz, eben noch waren die Wiesen mit Schnee bedeckt – und nun leuchteten die weißen Frühlingsblumen auf den Hängen, als wäre über Nacht aufs Neue Schnee gefallen.

Den Frauen fiel die schwere Arbeit des Misttragens zu. Hunderte und Aberhunderte von Misthöckern ragten bald heraus aus den Ackerbreiten überall dort, wo ein Korb entleert worden war.

Auch die Maria und ihre Schwestern trugen zusammen mit den beiden Mägden vom Hohenhauser-Hof die Körbe mit dem Mist auf die Äcker. So zart die Maria auch wirkte, war sie doch so zäh wie ihr Vater und verrichtete mühelos die schwere Arbeit. Korb um Korb trugen sie auf den oberen Acker hinauf. Der Hauptstall eines jeden Hofes befand sich neben dem Haus, aber jeder Hof hatte noch wenigstens einen Nebenstall in den Feldern draußen, Asten genannt.

Schon ging es gegen den Abend zu. In ihrem Eifer wollte die Maria noch einmal zum Acker hinaufgehen, der Korb war schon beladen.

»Ich komm gleich zurück«, sagte sie zu den anderen.

Als sie den oberen Acker erreicht hatte und eben den Korb abladen wollte, sprang vom nahen Walde her ein Mann über den Zaun und rief: »Maria!«

Die Maria hatte die Stimme genau erkannt, sie hörte auch den schnellen Schritt auf dem weichen Boden – aber sie schaute nicht auf. Ihr von der schweren Arbeit erhitztes Gesicht zeigte einen leisen Unmut.

»Maria! Bist du aber fleißig.«

Sie schüttete den Korb aus und tat, als wäre sie ganz der Arbeit hingegeben. Dann wandte sie sich um und schaute forschend auf den Ankömmling. Dieser streckte beim Näherkommen die Hand vor.

»Das wird ein guter Acker werden. Die Gerste wird gut wachsen.«

Jetzt reichte sie ihm die Hand und begrüßte ihn: »Felix! Bist du beim Heimgehn?«

Er zeigte auf Hacke und Säge, die über die Schulter gebunden waren. »Wir haben Lawinenholz geschlagen, dein Vater war auch dabei.«

Sie nahm den Korb wieder auf und wollte gehen. »Es ist spät geworden. Ich muss heimgehen und melken. Also, grüß dich, Felix!«

Er packte ihren Arm mit seinen breiten Händen und hielt sie fest. Etwas lag ihm am Herzen. Verlegen flüsterte er: »Maria, heut hab ich mit dem Vater geredet. Schau, du bist die älteste Tochter. Dich hat er am liebsten von allen Kindern … und du weißt ja, ich hab dich schon vor drei Jahren gefragt.« Sie wandte den Kopf zur Seite und wollte sich losreißen.

Da flehte er sie an: »Maria! Ich bitte dich, im Herbst! Ich wart noch gern! Dem Vater würdest du eine große Freud machen! Ja, Maria, im Herbst!«

Mit rauer, vor Aufregung zitternder Stimme hatte der Felix, der zweite Sohn vom Stockbauern, ihr nun gesagt, was sein geheimster Wunsch war. Oh, er hätte noch mehr sagen mögen, aber er tat sich schwer damit, das auszudrücken. Dazu war er zu unbeholfen. Hilflos stand der gutmütige Bursche vor ihr, und verlegen lockerte er den Griff um ihren Arm und ließ die Hand sinken.

Die Maria schaute ihn nicht an. Was sollte sie ihm antworten? Sie schüttelte den Kopf, als wollte sie damit ausdrücken: Nein, Felix, es geht nicht, mach dir keine vergeblichen Hoffnungen. Dabei flog wieder die Röte über ihre Wangen, die ihr Gesicht immer so anmutig machte.

Der Felix war durch die Ablehnung betroffen, und nun überwand er seine Scheu. Geradezu flehend sprach er: »Tu nicht den Kopf schütteln, Maria! Sag Ja! Du musst ja sagen! Maria, im Herbst, nach dem Kirchtag – hörst, nach dem Kirchtag –«

»Felix, frag mich jetzt nicht und auch nicht nach dem Kirchtag! Es geht nicht!« Das Herz war ihr schwer, und Tränen wollten ihr in die Augen steigen. »Felix, ich bitt dich, frag mich nicht!«

Damit hatte sie sich schon umgewandt, lief nun wie ein flüchtiges Reh davon. In ihrer Aufregung hatte sie sogar vergessen, den Korb mitzunehmen.

Der Felix schaute ihr so lange nach, bis sie bei den Häusern von Hintertux verschwand. Auch dann blieb er noch eine Zeit lang versonnen stehen. Wohl zeigte sein Gesicht eine große Traurigkeit, aber dann murmelte er: »Zwingen will ich sie nicht. Dazu hab ich sie viel zu lieb.«

Ganz in diese Gedanken versunken, stapfte er mit weiten Schritten über die blumenbedeckte Bergwiese. Tausende und Abertausende Frühlingsblumen bedeckten den Boden. Er achtete ihrer jedoch nicht. Immer wieder drückte er mit seinem Schuh die Blumen zu Boden.

Als er zur Tuxaue gekommen war, hörte er das Blöken und Schreien der Schafe. Der Schäfer trieb eben die Schafe in den Hag.

Der Felix winkte ihm schon von Weitem zu und ging dann zu ihm hin. Treuherzig, wie es seine Art war, reichte er ihm die Hand. »Gute Weide, nur etwas spät ist das Grasl gewachsen!«

»Bis zum Auffahren am Veitstag wird es gut reichen«, sagte der Tuxer Schäfer.

Dann reichte der Felix dem Schäfer wieder die Hand: »Bin etwas spät dran! Im Stall gibt's auch Arbeit, nicht nur im Holzschlag. Richtig«, sagte er nun, als besänne er sich auf etwas, »sag der Maria einen schönen Gruß von mir. Und dass sie beim nächsten Kirchgang einmal vorbeischaut.«

Als der Felix den Namen ausgesprochen hatte, schaute der Schäfer ihn verwundert, ja fast argwöhnisch an. Dann antwortete er, ohne zu zögern: »Ich red nichts mit der Maria! Sie hat ihre Arbeit, und ich hab meine!«

»Aber einen Gruß kannst du ihr doch ausrichten?«

Der Schäfer blieb hart und gab die gleiche Antwort: »Ich red fast nie mit der Maria! Das steht mir nicht zu! Ich bin nur ein Schäfer!« Bei diesen Worten hatte er dem Felix den Rücken gekehrt. Nochmals schaute er auf die Schafe im Hag und rief ihnen Lockworte zu. Er prüfte noch, ob das Zaungatter gut versperrt war, dann rüstete er sich zum Gehen.

13

Und dann kam wieder ein Palmsonntag, es war der fünfte, den der Schäfer in Hintertux erlebte. Aber die Hintertuxer hatten nie vorher einen solchen Palmsonntag erlebt.

Es war Ende des Monats März. Da tobte ein solcher Schneesturm durch das Tal, dass der Kirchgang allein schon eine gewaltige Anstrengung bedeutete. Verzweifelt mühten sich die Buben, die Palmbuschen zur Kirche zu bringen. Zu dritt oder viert trugen sie eine solche verzierte Stange auf den Schultern, aber sie konnten sich kaum durch den Schnee und Sturm durchkämpfen. Viele ältere Leute mussten auf halbem Wege bereits umkehren, da sie den Weg nicht mehr schafften.

Ja, so ein Palmsonntag – und die Buben hatten sich so gefreut auf den längsten und schönsten Palmbuschen! Über und über beschneit, die bloßen Hände fast erfroren, so waren sie endlich zur Kirche gekommen. Schnell schoben sie die Palmbuschen bei der Tür hinein. Beim Aufstellen aber begann es in der Kirche wieder zu schneien, denn so viel Schnee hatte sich im Gestände gesammelt.

Beim Heimgehen schien sich der Schneesturm eher noch verstärkt zu haben. Wie mit vollen Händen warf der Sturm den Schnee in das Gesicht der Leute. Die Buben nahmen wieder die Palmbuschen auf den Rücken und verschwanden im Wogen des Schneesturms, bald sah man sie kaum mehr.

Die Männer zogen die Jacken enger zusammen, aber einige blieben doch noch vor der Kirche stehen oder begaben sich in die warme Wirtsstube.

Der Tuxer Schäfer hatte sich auf den Heimweg gemacht. Er war allein, denn heute war alles durcheinandergekommen. Da sah er in dem Schneegestöber vor sich eine Gestalt, die sich mühsam gegen den Sturm vorankämpfte. Mit ein paar Schritten war er bei ihr, als sie zu einer Atempause innehielt. Es war die Maria.

Er legte den Arm um sie und zog sie mit sich. Immer wieder versperrte eine Schneewehe ihnen den Weg. Willig ließ sie sich von ihm helfen, und wenn sie Atem schöpfend stehenblieb, lehnte sie sich an ihn.

Ganz eigen war ihm, und er hätte später nie sagen können, wie er nun plötzlich den Mut fand zu dem Geständnis: »Maria, ich kann nimmer leben ohne dich …«

Er hörte sie tief seufzen. Dann wandte sie ihr Gesicht zu ihm und lehnte sich noch mehr an ihn. Schneeflocken hatten sich auf ihren Wimpern und

Bräuen festgesetzt. Kaum vernehmbar flüsterte sie: »Und ich, Hermann, mag nimmer sein ohne dich!«

Fest umschlossen sie seine starken Arme und pressten sie an sich. Das besagte mehr, als viele Worte es hätten tun können. Es blieb auch keine Zeit, etwas zu sagen, denn weitere Kirchgänger tauchten wie Schatten aus dem Schneegewölk auf und näherten sich ihnen.

Der Schäfer gab die Maria frei und stapfte, ihr einen Weg bahnend, vor ihr her, Hintertux zu.

Aber für beide war an diesem Palmsonntag und zu dieser Stunde die Entscheidung gefallen: Nie mehr wollten sie voneinander lassen.

Bald hernach wurde das Tagwerk besonders früh begonnen, denn es sollte Brot gebacken werden.

Schon am Vorabend wurde der Teig hergerichtet. Bereits vor der Morgendämmerung herrschte geschäftiges Treiben. Außerhalb des Hauses lag der Backofen, den die Knechte so geheizt hatten, dass die Steine vor Hitze fast zu glühen schienen. Als dann Tag geworden war, wurden die glühenden Holzkohlen aus dem Ofen geschoben und die Frauen brachten die Teiglaibe auf schmalen Brettern herbei.

Als die Maria in aller Eile wiederum ein Brett mit Teiglaiben hinaustrug, stolperte sie auf dem nassen Steinpflaster. Gerade gelang es ihr noch, das Brett hochzureißen, aber drei Laibe waren heruntergerutscht. Sie wollte das Brett niederstellen, um sich danach zu bücken, aber da war eben der Tuxer Schäfer aus dem Haus getreten, den Stock in der Faust, den Salzsack auf dem Rücken.

Schnell hob er einen Brotlaib auf, bevor die Maria das Brett niedergestellt hatte. Und als er den weichen Brotlaib auf das Brett legte, geschah es, dass er die Hand der Maria berührte. Sie schauten sich an – aber es war seltsam: beide senkten die Augen, als könnten sie den Blick nicht ertragen.

»Maria«, sagte der Schäfer leise und sah, dass in deren Wangen wieder das heiße Rot geschossen war, »Maria, im Herbst werde ich deinen Vater fragen!«

Sie gab keine Antwort, und er bückte sich, um die anderen Laibe aufzunehmen.

Da hörten sie die schweren Schritte des Hohenhauser auf dem Steinpflaster. Er hielt inne, als er seine Maria und den Schäfer da beisammen sah, und herrschte ihn an, was ihn die Frauenarbeit denn anginge.

»Meinst du nicht, es wäre an der Zeit, dass du dich um die Schafe kümmerst?«, schloss er.

Ohne eine Erwiderung legte der Schäfer auch die beiden anderen Laibe noch auf das Brett. Dann wandte er sich schweigend ab und ging davon. Er hörte noch, wie der Bauer seine Tochter anfuhr, sie solle besser Obacht geben mit dem kostbaren Brot, es sei eine Gottesgabe, und so damit umzugehen, sei eine Sünde.

Auch die Maria gab dem Vater kein Widerwort. Verärgert ging er ins Haus zurück.

14

So aufmerksam der Hohenhauser auch war, nie mehr konnte er in den nächsten Tagen feststellen, dass der Schäfer und die Maria sich trafen oder am Hof miteinander sprachen.

Doch sein Verdacht war da, und das bohrte und bohrte in ihm. Er hatte andere Pläne mit seiner Maria. Sie war seine Älteste und sollte nach ihm den Hof bekommen. Da wollte er schon dafür sorgen, dass sie einen Mann bekam, der nach seinem Geschmack war und dem alten Hof ein guter Bauer sein würde.

So kam es ihm gerade recht, dass am Sonntag nach Johanni der junge Stockbauer-Felix daherkam, den er schon lange für geeignet hielt, einmal Hohenhauser zu werden, denn der war ein rechter Bauer und verstand auch etwas von der Viehzucht, die ihm selber so am Herzen lag.

Der Felix hatte über die Schulter einen Salzsack gehängt, war also wohl auf dem Weg zur Galtalm, um das Jungvieh zu salzen. Er ließ sich Zeit auf dem Weg und hatte schon auf mehreren Höfen kurz Einkehr gehalten, um Grüß Gott zu sagen. Überall sah man den rechtschaffenen Burschen gern.

Als er den Hohenhauser vor der Tür stehen sah, ging er auf ihn zu.

»Grad kurz grüßen«, sagte er.

Der Hohenhauser entbot ihm einen festen Handschlag.

»Willst meinen Stier anschauen?«, fragte er. »Ein Prachtstück! Alleweil schöner wird er!«

»Freilich möcht ich das«, sagte der Felix.

»Gehen wir gleich in den Stall hinüber«, forderte der Bauer den Gast auf. Im Stall war es fast dunkel, nur von der geöffneten Tür her schimmerte das Tageslicht. Der Stier hing nahe der Tür an einer Kette. Er schnaubte zuerst, aber dann ließ er sich auch vom Felix zwischen den Hörnern streicheln.

»Schau«, sagte der Bauer, »der Stier ist gegen alle Fremden bös, aber bei ist er friedlich! Ist ein gutes Zeichen!«

Und es schien dem Hohenhauser auch eine gute Gelegenheit zu sein, nun sein eigentliches Anliegen vorzubringen.

»Felix, du würdest gut auf meinen Hof passen. Du musst mir die Wahrheit sagen: Hast du mit der Maria schon gesprochen? Sie sagt mir nichts, und ich frag auch nicht!«

Der Felix schwieg und schaute zur Seite. Eindringlicher fuhr der Hohenhauser fort:

»Ich bin nicht mehr der Jüngste! Einmal muss man übergeben … die Mutter ist auch krank – und ihr seid beide im schönsten Alter – und immer kann ich nicht mit fremden Knechten arbeiten! Ich will auch eigene Leute! Die fremden Knechte fressen mir ja die Butterstötzlein leer!«

Noch immer schwieg der Felix, ja, er hatte sich sogar abgewandt und schaute zur Tür hinaus. Endlich aber sagte er in seiner gutmütigen Art, kleinlaut zwar, aber doch entschlossen:

»Hohenhauser, ich hab schon oft mit der Maria reden wollen, aber ich glaube, ich habe kein Glück bei ihr! Und man darf die Menschen nicht zwingen! Das muss alles von selber gehen – und zwar auf beiden Seiten!«

»Das ist ja kein Zwang, wenn du sie fragst! Ich wüsste nicht, warum die Maria nein sagen sollt!«

»Aber ich weiß, dass sie nein sagt! Ja, sie hat es eigentlich schon gesagt, denn sie weicht mir aus, wo es nur möglich ist! Nicht ein einziges Mal ist sie seit Jahren mit mir von der Kirche heimgangen, und niemals hat sie sich auf unseren Hof einladen lassen! Ich sag dir's, Hohenhauser, sie hat mir schon hundertmal zu verstehen geben, dass sie nein sagen wird! Drum frag ich sie nicht!«

Der Hohenhauser war bestürzt. Zornesfalten erschienen auf seiner Stirn. Seine Frage klang wie ein herrischer Befehl, der keinen Widerstand duldete:

»So, weißt du das sicher, dass sie nein sagen wird? Ihr seid doch beide alleweil gut ausgekommen! Schon als Kinder, weiß ich, habt ihr gespielt, und beim Kirchgang seid ihr miteinander gegangen! Und du hast uns beim Zaun erwartet – Sonntag für Sonntag! Und du hast mit ihr gelacht, und sie mit dir!«

»Ja, sie hat mit mir gelacht«, sagte der Felix traurig. »Aber mit einem Male war alles anders.«

Das Gesicht des Hohenhauser verzerrte sich. Sollte sein Verdacht doch begründet sein? Der Stier schnaubte und zerrte an der Kette. Schweigend kraulte der Bauer ihm das Fell zwischen den Hörnern. Dann wandte er sich um und fragte befehlend:

»Sag also, Felix, willst du sie heut noch fragen oder nicht?«

Eine Zeit lang blieb es drückend still. Endlich antwortete der Felix fest, und wie es seiner ruhigen Art entsprach, hatte er sich diese Worte schon seit Langem zurechtgelegt:

»Hohenhauser! Ich hab mir alles überlegt – und zwar seit dem Tag, wo ich zum ersten Mal fühlte, dass etwas anders geworden war zwischen der Maria und mir. Da hab ich mir gedacht –«

Der Hohenhauser fiel ihm ins Wort: »Willst du sie fragen oder nicht?«

Die Antwort nahm dem Vater den letzten Zweifel. Die letzte Hoffnung für seine alten Tage sollte sich nicht erfüllen.

»Ich werde sie nicht mehr fragen … nicht meinetwegen, sondern ihretwegen! Ich will sie nicht zwingen, das muss alles von selber gehen! Und ich will sie nicht zwingen«, schloss Felix nun mit unbeugsamer Festigkeit, »ich will sie nicht zwingen, nicht einmal mit einem einzigen Wort!«

Nach diesen Worten streckte er die Hand vor, der Hohenhauser aber schlug nicht ein. Er befand sich in diesem Augenblick nicht mehr im Stall. Er hörte nicht mehr das Schnauben des schwarzen Stieres. Er sah nicht mehr den Felix daneben stehen – der böse Verdacht, den er schon lange im Herzen trug, hatte sein Denken überfallen – das Bild des Tuxer Schäfers tauchte aus dem Dunkel – dieser hergelaufene Bursche, der Sohn des Auswanderers!

Ja, ja – und wieder sah er sie beide eng nebeneinander, als er ihr geholfen hatte, die Teiglaibe aufzuheben – und wie sie sich angeschaut hatten! Der Glanz in den Augen der Maria! Wie rot war ihr Gesicht gewesen!

Ja – der Tuxer Schäfer! Deswegen also hatte die Maria mit dem Felix nicht mehr gelacht! Da waren fünf Jahre vergangen!

Der Felix riss ihn aus seinem düsteren Sinnen. Er hielt die Hand wieder vorgestreckt und sagte bittend: »Hohenhauser, nichts für ungut! Aber ich hab die Maria zu gern, sodass ich ihr die Frage nicht mehr stelle, damit ich ihr die Antwort ersparen kann! Nichts für ungut!«

Er hatte die schwere Hand des Bauern umfasst, aber diese Hand blieb starr und schloss sich nicht zum verstehenden Handschlag.

Schon wollte der Felix hinausgehen, da hörte er helle Stimmen zwischen den Gebäuden und sah die Dirnen. Die Maria war dabei, aus dem Hesser-Hof herauskommen und zum Hohenhauser hinübergehen.

Der Felix besann sich: Wenn er jetzt fortginge, dann müsste es auffallen. Wenigstens grüßen sollte er noch, und dann dürfte er jetzt den Bauern nicht allein lassen, denn das wäre aufgefallen. Zorn und Unmut spiegelten sich nur allzu deutlich im Gesicht des Hohenhauser. In solcher Stimmung spräche er dann kein Wort mit den Hausleuten. Und der Felix wollte vermeiden, dass die Maria denken könnte, er hätte sich mit dem Vater ihretwegen verstritten.

Nein, heute musste er ganz ruhig und gleichgültig bleiben, als wäre nichts geschehen. Diese Gedanken setzte er gleich in die Tat um. Daher rief er dem Hohenhauser laut zu, dass es die Dirnen hören mussten:

»Hohenhauser, gehen wir in die Stube, lass uns heut Karten spielen! Den Salzsack kann ich morgen dem Hirten mitgeben!«

Es schien, als erwachte der Hohenhauser aus einem schweren Traum. Ohne ein Wort zu sagen, ging er dem Felix voran aus dem Stall.

Sie stapften über die Steinplatten zur Haustür. Dort stand die Maria mit den Töchtern vom Hesser und schaute verlegen auf den Vater und auf den Felix.

Dann wurde ihr Blick forschend, ihr Gesicht bleich. Mit zitternden Händen öffnete sie die Tür und sagte, kaum hörbar: »Kommst du mit in die Stube, Felix?«

Schon lange hatte sie seinen Besuch bei dem Vater befürchtet. Aber dann war sie doch etwas beruhigter, als der Felix ausrief:

»Heut ist grad ein Nachmittag zum Kartenspielen. Die Knechte machen sicher mit. Heut kann's lang dauern, ich freu mich schon.« Er tat, als wäre das Kartenspielen seine einzige Sorge und seine einzige Freude.

Auch der Hohenhauser war in die Stube gegangen, wo er sich auf die Ofenbank legte, wie er es an Sonntagen immer tat, und war bald eingeschlafen.

So laut auch die Unterhaltung beim Kartenspielen wurde, so hart auch die Karten auf den Tisch gedonnert wurden – er hörte es nicht.

15

Während so die Männer in der Stube saßen und spielten, blieben die Dirnen in der Rauchkuchl zurück.

Die Maria war an das Fenster getreten und sah hinaus. Die anderen sollten nicht merken, wie aufgeregt sie war. Es musste etwas geschehen sein zwischen dem Felix und dem Vater, denn die Gelassenheit, mit der der Felix sich gab, schien nicht echt zu sein, und der Vater war so ganz eigen gewesen. Mit keinem Wort hatte er seine Töchter und die Dirnen vom Nachbarhof begrüßt, sein Blick war an ihnen allen vorbeigegangen, er schien sie gar nicht bemerkt zu haben. Ob der Felix beim Vater seine Werbung wiederholt hatte, ob er ihm gesagt hatte, dass er mit ihr darüber gesprochen und sie ihn nicht angehört hatte?

Da sah sie das uralte Hesser-Mütterle zum Hohenhauser-Hof herüberschlürfen. Weit hielt sie bei jedem Schritt einen Stock vor, denn das fast neunzigjährige Mütterle war schon seit zehn Jahren blind.

Ein Dirndlein lief ihr nach und sagte etwas zu ihr. Es mochte wohl gefragt haben, ob es sie geleiten solle. Das Mütterle nickte, und die Kleine fasste sie bei der Hand. So gingen sie weiter auf dem Steinpflaster und kamen dem Hof näher.

Mit lautem Jubelgeschrei folgte plötzlich eine ganze Schar von Buben und Dirndln den beiden, aus allen Höfen kamen sie herbeigerannt, denn es gehörte für sie zum Schönsten, vom Hesser-Mütterle Geschichten erzählt zu bekommen, und Geschichten erzählte die Alte immer, wenn sie an einem Feiertag auf einen Hof zur Sitzweil ging.

Nun wurde es lebendig in der Rauchkuchl! Maria hatte die Tür geöffnet und die Nehne zu der Bank neben dem offenen Herd geführt, wo sie sich behaglich niederließ. Das junge Volk drängte um sie herum, ein jedes wollte den besten Platz erobern. Einige der Buben hockten sich sogar auf die Randplatte des Herdes.

»Dass ihr euch aber nicht ansengt!«, mahnte die Maria.

Selbst zu Füßen der Nehne hatten sich die Kleinen auf den Boden gehockt.

Aber noch war es zu früh dazu, denn eben kam die Emma mit einer großen Schüssel voller Krapfen herein. Alle sprangen wieder auf und umdrängten sie. Aber die Emma wehrte ab.

»Halt! Erst kommt die Nehne!«

Sie ging zum Hesser-Mütterle und gab ihr einen Krapfen, dann waren die Kinder an der

Reihe, und für eine Weile hörte man nur ein Schmatzen.

Inzwischen hatte die Brigitta einen Laib Gerstenbrot auf den Tisch gebracht, hatte Scheiben davon abgeschnitten und dick mit goldgelber Butter bestrichen. Auch die fanden rasch ihre Abnehmer.

Alle waren glücklich und zufrieden, als sie nun wieder sich um die Nehne herumhockten. Eine erwartungsvolle Spannung lag über der jungen Schar.

Ein Dirndlein hielt es nicht mehr aus und fragte: »Nehne, was erzählst du uns heut?«

Die weißblauen blinden Augen der Alten schienen in weite Fernen zu starren. Ein Lächeln verschönte das Gesicht, in das das lange Leben seine Runen gezeichnet hatte.

»Ich möcht das Geschichtl vom Riesen Tuckes hören«, zwitscherte da ein helles Stimmchen.

»Ja! Vom Riesen Tuckes! Vom Riesen Tuckes!«, kam ein vielstimmiges Echo.

Das Gesicht der Alten wurde ernst. »Vom Riesen Tuckes? Dann werdet ihr euch aber fürchten, wenn ihr allein in den Wald gehen müsst«, meinte sie.

»Nein, wir fürchten uns nicht! Der Riese Tuckes ist ja schon lange verzogen«, sagte ein Bub.

»Erzähl! Erzähl!«, riefen nun die anderen durcheinander. Es war mäuschenstill geworden, und alle sahen die Nehne erwartungsvoll an.

»Zuerst legt noch etwas Holz auf das Feuer, mir ist immer kalt«, sagte das Hesser-Mütterle.

Rasch legten die Buben noch etwas Lärchenholz auf die Glut. Jetzt mussten sie ihren Platz auf dem Herdrand aber doch verlassen. Der Raum duftete nach Harz und Wald, die roten Flammen tauchten den Raum in ein geheimnisvolles Licht.

Nun fing die Nehne an zu erzählen: »Das Geschichtl beginnt nicht mit dem Riesen Tuckes, sondern mit den Saligen Fräulein, die einst hier in unserem Tal lebten. Sie waren so schön wie die Lilien, und darum wurden sie auch ›Talgilgen‹ genannt, wie die Lilien bei uns heißen. Sie haben dem Tal viel Segen gebracht. Im Sommer halfen sie sogar den Hirten, und singen konnten sie ganz wunderschön. Wisst ihr, wo sie gehaust haben?«, fragte sie ganz unvermittelt.

»Oben in der Gefrorenen Wand«, war die vielstimmige Antwort, denn diese alte Sage hatten die Kinder ja schon oft gehört, aber immer wieder ließen sie sie sich erzählen.

»Ja«, fuhr die Nehne fort, »oben in der Gefrorenen Wand. Da hatten sie ihren Palast aus Kristall, und auf der Frauenwand am Tuxer Joch, da haben sie in den Mondnächten getanzt und gesungen. Und dann erst ist der Riese Tuckes in das Tal gekommen und hat die schönen Almen in eine Wildnis verwandelt. Mit Hass und Wut hat er die Saligen Fräulein verfolgt, die sich voller

Angst in ihren Kristallpalast zurückzogen. Da hat der Riese Tukkes eine Höhle in das Eis geschlagen, aber so tief er sie auch machte, er kam nicht bis zu den Saligen und konnte sie nicht vernichten.

So ist er wieder in das Tal hinuntergezogen, und bei den Tuxer Wasserfällen, da hat er begonnen, sich ein großes Schloss zu bauen. Jeder Stein, den er aufgesetzt hat, ist so groß gewesen wie ein Haus. Der Bau wuchs mächtig empor, und die Talgilgen haben sich sehr gefürchtet, denn nun sahen sie ja, dass der Riese hierbleiben wollte. Da haben sie in ihrer Verzweiflung von der Gefrorenen Wand herab einen Wildbach gesandt. Und siehe da: Der Wildbach hat einen Teil des Schlosses unterwühlt. Der Riese hat wütend die Steine neu aufgesetzt. Doch dann ist ein Wildbach nach dem anderen von den Bergen gebrochen, von allen Seiten haben sie sich auf das Mauerwerk gestürzt, und alleweil wieder ist das Schloss eingebrochen. Da hat der Riese nachgeben müssen.«

Die Kinder hörten mit offenem Mund und glänzenden Augen zu. Ein Aufatmen ging durch die Rauchkuchl, als sie hörten, dass der Riese nachgegeben hatte.

»Und wie ist es mit den Talgilgen weitergegangen?«, wollte ein Dirndlein wissen.

Die Nehne lächelte und fuhr fort: »Ja, da ist der Riese so wild geworden, dass er den Rest seines Schlosses selbst zusammengehauen hat. Beim Wasserfall könnt ihr ja selber noch die großen Steinbrocken finden. Dann hat er den schönen Grund mit seinen Füßen zerstampft, sodass man noch heute die Riesentritte überall sehen kann.«

»Ich hab sie schon gesehen!«, verkündete ein Bub.

Die Nehne ließ sich nicht unterbrechen: »Dann hat er auch die Gefrorene Wand vorne abgeschlagen, und seither ist sie eine steile Eiswand. Aber das alles hat dem Tuckes nicht geholfen. Voll Zorn und Ärger ist er eines Tages irgendwo in den Bergen verschwunden.«

»Und er kommt auch bestimmt nicht wieder?«, fragte furchtsam ein Dirndlein.

»Nein, er kommt bestimmt nicht wieder, ihr braucht euch vor ihm nicht mehr zu fürchten«, sagte die Nehne. »Und jetzt sollt ihr auch noch wissen, wie es den Talgilgen ergangen ist: Sie waren nun wieder sicher und frei und haben wieder begonnen, über dem Wasserfall und oben auf der Frauenwand zu tanzen und zu singen. Meine Nehne hat sie noch gesehen, sie hat es mir selber erzählt. Und an der Frauenwand, ja, da soll es heute noch Salige Fräulein geben, und manchmal erscheinen sie den Hirten.«

Es blieb mäuschenstill, als die Alte jetzt endete. Auf ihrem Gesicht lag ein stiller Glanz, als erinnerte sie sich ihrer weit zurückliegenden

Kindertage, wo sie zu Füßen ihrer Nehne gesessen und diese alte Geschichte gehört hatte.

Ein Bub unterbrach die Stille: »Kommt mit vor die Tür! Dann zeige ich euch die Gefrorene Wand! Und auch die Frauenwand!«

Polternd und drängend lief das junge Volk aus der Rauchkuchl.

Der Bub zeigte hinauf. »Schaut – da oben ist der Kristallpalast. Und dass ihr es wisst: Wenn ich groß bin, geh ich mit den Hirten hinauf und werde ihn finden!«

Voll Ehrfurcht sahen die Kinder bald auf die Gefrorene Wand, bald auf den Buben, der so mutig war. Wolkenfetzen wehten um die Berge, und den Kindern schien es, als schwebten duftige schneeweiße Gestalten über dem glitzernden Eismantel: die Saligen Fräulein von der Gefrorenen Wand.

Auch das Hesser-Mütterle schickte sich zum Gehen. Hilfsbereit geleitete die Maria sie zur Tür. Gerade hatte auch in der Stube das Kartenspiel ein Ende gefunden. Vor dem Haus traf sie mit Felix zusammen. Wie atmete sie auf, als er sich schlicht und einfach von ihr verabschiedete, ohne eine Frage zu stellen oder eine Anspielung zu machen.

Er gab ihr lachend die Hand und sagte: »Schön ist's gewesen, Maria! Die ganze Nacht tät ich weiterspielen, aber morgen fängt die Mäharbeit an!«

Auch den Schwestern und den Knechten gab er die Hand.

»Schön ist's gewesen, und merkt's euch: Am nächsten Sonntag wird bei uns daheim gekartet!«

16

Nun hatte die Heuarbeit begonnen. Vom frühen Morgen an bis in die späte Nacht hinein sangen die Sensen.

Um diese Jahreszeit war es in Hintertux am schönsten. Von dem hellen Grün der Wiesen hoben sich wie trutzige Burgen die Höfe ab, die Wohnhäuser und die Ställe, ganz aus Holz gefügt, die wuchtigen Stämme ohne einen eisernen Nagel zusammengefügt, altersbraun, gedörrt von der Sonne. Breit und schwer wuchteten die Dächer, mit Lärchenschindeln bedeckt, auf denen schwere Steine lagen, um sie festzuhalten, wenn die Herbststürme brausten.

Und über dem ganzen Tal schwebte üppig der würzige Duft des trocknenden Grases von den Mähdern.

In diesen Tagen kannte der Hohenhauser nur die Arbeit. Noch schweigsamer als sonst war er und gönnte sich weder Rast noch Ruh. Knechte und Mägde meinten, es sei die Sorge um das rechtzeitige Einbringen des guten Heus, die ihn so umtrieb. Aber die Maria sah tiefer, sie spürte, dass es etwas anderes war, was den Vater nicht zur Ruhe kommen ließ. Ein geheimes Leid musste ihn quälen, das ihn innerlich jagte und jagte.

Sie suchte ihm alle Wünsche von den Augen abzulesen, aber er schien gar nicht zu bemerken, dass sie unermüdlich neben ihm arbeitete und auf jede Frage nur eine knappe Antwort gab, während er sonst zur Zeit der Heuernte immer gut aufgelegt gewesen war und mit allen gescherzt und gelacht hatte.

Ja, der Hohenhauser wurde von dunklen Gedanken gequält. Dass der Felix die Maria nicht fragen wollte, hatte ihm alle Pläne durcheinandergebracht, die er für die Zukunft geschmiedet hatte. Bitter wie nie in all den letzten Jahren empfand er es, dass er keinen Sohn hatte, dem er seinen Hof einmal übergeben konnte.

Mit einem Schwiegersohn erlosch sein Name auf dem Hof. Freilich, mit dem Felix vom Stockbauern wäre er noch einverstanden gewesen. Sollte aber die Maria sich den anderen in den Kopf gesetzt haben, den Schäfer ... nein, er mochte das nicht zu Ende denken.

In den kurzen Sommernächten fand er noch weniger Schlaf als sonst. Er konnte es in der Kammer kaum aushalten; denn neben ihm lag stöhnend seine Frau, die von Woche zu Woche mehr verfiel und immer schwächer wurde.

Eine kranke Frau zu haben und neben ihr zu leben, schien ihm, dem kerngesunden starken Mann, das schlimmste Unglück zu sein.

Und ich hätt' es mir doch denken können! Sie war ja schon damals zu zart und schwach, warf er sich vor.

In solchen dunklen Stunden des Nachgrübelns tauchte dann ein anderes Gesicht aus der vergangenen, aber nie vergessenen Zeit auf, ein Gesicht, das ihn mahnend und fragend anschaute, das Gesicht seiner ehemaligen Magd, der Emma. Was war wohl aus ihr geworden? Warum hatte er damals der inneren Stimme nicht gehorcht? Warum hatte er ihr nur den Marientaler gegeben, aber nicht auch sein Wort und sein Herz?

Was mochte aus ihr geworden sein?

Die Nächte wurden ihm oft unerträglich. Dann flüchtete er aus der Kammer heraus in die Heudiele. Dort schlief er einige Stunden im Heu.

Beim ersten Schimmer des neuen Tages aber weckte dann, wie es immer schon gewesen war, sein Dengelschlag die Leute von Hintertux.

Die Bauern und die Knechte streckten sich gähnend auf den Strohsäcken, Zeit war's zum Aufstehen, und manch einer murrte: »Heut ist er schon wieder vorm ersten Hahnenschrei wach!«

Auch die Dirnen trieb das Sensendengeln vom Hohenhauser-Hof aus den Federn. Sie melkten die Geißen, stellten die riesigen Pfannen auf das Feuer, das sie unter der Asche neu entfacht hatten, und es dauerte nicht lange, dann duftete das ganze Haus nach einem kräftigen Hafermus, zu dem eine Schüssel mit Geißmilch auf den Tisch gestellt wurde.

Wenn es besonders eilig war, was in diesen Tagen mehr als einmal vorkam, dann gingen die Männer auch ohne die Vormess, wie das erste Frühstück genannt wurde, auf die Wiesen hinaus und begannen ihre Arbeit. Erst später folgten dann die Mägde mit dem Hafermus und der Geißmilch. Und die Mahlzeit auf dem taufrischen Grasboden mundete mindestens so gut wie daheim in der Rauchkuchl.

Kaum war der Sensenschnitt vorbei, dann hatte das Bild des Tales von Hintertux sich völlig gewandelt. Zum Dörren hing das Gras auf den Stiefeln, Fichtengipfeln, die man in den Boden gesteckt hatte und deren Seitenzweige nun das Heu trugen. Wenn die Dämmerung den Blick verschleierte, dann sah es aus, als wären über Nacht Hunderte und Hunderte von kleinen Bäumen aus der Erde geschossen.

Und immer üppiger und würziger strich der Duft des Bergheus durch das Tal, die Menschen erfasste es wie ein Rausch.

So schön und so reich war die Heuernte, so herrlich das Sommerwetter, dass sich auch das Gesicht des Hohenhauser wieder etwas erhellt hatte. Unermüdlich trug er wie die Knechte das Heu in den Tennen. Bure um Bure schichtete er auf und lud sie sich dann auf Kopf und Rücken.

Wohin man auch schaute: an allen Hängen wandelten die Burenträger wie ein Heufuder von der Wiese zum Tennen. Eilig kehrten sie dann zurück, um die nächste Bure aufzuladen, ein ständiges Kommen und Gehen.

Aber wenn der Hohenhauser in der Arbeit kurz innehielt oder zufällig zur Höhe schaute, dann verdüsterte sich wieder sein Gesicht.

Auf dem scharfgeschnittenen Joch der Wandalm sah man um die Mittagszeit häufig die Schafe. Und dann dachte der Hohenhauser an den Tuxer Schäfer.

Unwillkürlich ging sein Blick dann zur Maria hin, die das Heu zusammenrechte. Ein schwarzer Gedanke überkam ihn: Tuxer Schäfer! Du hast heuer das letzte Mal das Hohenhauser Brot gegessen!

Beim schönen Sommerwetter wurde das Heu schnell eingeerntet.

Als sie einmal auf freiem Feld die Marende einnahmen, sagte der Knecht, wobei er auf die Wandalm hinaufzeigte: »Morgen muss ich wohl Brot und Mehl auf die Wandalm tragen, sonst verhungert uns der Tuxer Schäfer noch!«

Alle lachten lustig auf.

Aber das Gesicht des Hohenhauser hatte sich wieder verdüstert. Er legte den Löffel nieder und sagte herrisch: »Ich geh selbst auf die Wandalm! Muss doch nachschauen, wie die Schafe geh'n!« Vom Tuxer Schäfer sprach er kein Wort.

17

Und wirklich: am nächsten Vormittag machte der Hohenhauser sich auf zur Wandalm.

Der Weg führte ihn über die Bichlalm. Dort war alles wie ausgestorben, denn das Vieh befand sich jetzt bereits auf dem Hochleger auf der Sommerberger Alm unter dem Tuxer Joch. So hielt er sich dort nicht auf und stieg gleich weiter auf dem ziemlich steilen und ausgesetzten Weg bis zum Stulfegge. Hier hielt er zum ersten Mal ein und setzte sogar die Kraxe mit den Vorräten für den Schäfer ab.

Lange Zeit schaute er dann hinunter in das Tal. Schwer und wuchtig, eng zusammengedrängt duckten sich die Höfe und Gebäude mit den graugesprenkelten Schindeldächern. Dämmernd verrauschte in dieser Höhe der Wasserfall. Die warme Quelle von Hintertux blitzte im Gegenlicht der Sommersonne. Wie ein Märchenschloss aber erhob sich im Hintergrund der glänzende Eismantel der Gefrorenen Wand mit dem noch höher ragenden wilden Olperer.

Auf den Wiesen waren schon breite Streifen ausgemäht und das Heu eingetragen worden. Beim oberen Feld arbeiteten die Hohenhauser

Leute. Gerade kam jemand durch die grünen Wiesen und Felder. Die Emma, seine Jüngste, er erkannte sie genau. Sie brachte das Mittagessen. Nicht lange dauerte es, dann sah der Hohenhauser, wie seine Leute zum Astenstadel gingen, wo sie sich im Schatten niederhockten. Ein Glöcklein läutete von einer Hauskapelle im Tal. Die Zeit der Rast, des Gebetes und des Mittagessens war gekommen.

Nun nahm der Hohenhauser seine Kraxe wieder auf den Rücken und machte sich auf den Weg. Noch kurze Zeit ging er über den Grat, der gegen die Bichlalm in einem Felsabbruch endete. Ungemein steil waren die Scheibenfelder darunter. Und damit hatte er schon das Reich des Tuxer Schäfers betreten.

Der Weg bog nun auf die andere Seite des Grates. Saftige Weiden breiteten sich aus, so weit das Auge nur schauen konnte. In herrlichem Grün schimmerten die Bergmähder des Mahdseitentales. Wohl waren die Hänge steil, aber hier wuchs das beste Berggras von Hintertux. Und dort hinten – da erhob sich der Kotter, die Schäferhütte.

Dem Hohenhauser stiegen Zorn und Unmut auf. Ein drohender Schatten überzog sein dunkles Gesicht. Die Adern an der Stirne schwollen an. Die Lippen hatte er fest zusammengepresst, sodass sich in den Wangen zwei scharfe Falten bildeten.

Trotz der Last schritt er nun eilig zur Steinhütte hinüber, die in einer weichen Mulde beim Sietz erbaut war, wo, vor allem bei schlechtem Wetter, am Abend die Schafe zusammengetrieben wurden, gleich unterhalb der Gschietzwand.

Mit einer gewissen Neugier hatte der Hohenhauser die Tür aufgerissen und war in die Hütte getreten. Da fand sich alles in bester Ordnung. Alles war säuberlich aufgeräumt. Die hölzernen Milchschüsseln waren mit Geißmilch gefüllt. Über dem niederen Steinherd war kleingehacktes Holz zum Trocknen aufgeschichtet. Die ganze Hütte duftete vom frischen Bergheu. Ja, der Hohenhauser konnte nichts sagen gegen den Tuxer Schäfer. Nie hatte er einen so fleißigen Schäfer gehabt. Wann immer das Wetter es nur zuließ, arbeitete er am Bergheu, das er im Herbst in das Tal brachte und dort verkaufte. Bisher hat der Hohenhauser es ihm immer abgenommen.

Der Tuxer Schäfer musste wohl gerade bei seiner Heuarbeit sein, denn hierherum war er nirgends zu sehen.

Nach einer kurzen Rast nahm der Hohenhauser den Salzsack auf und machte sich wieder auf den Weg. Er stieg zum nahen Joch hinauf und schaute nochmals hinunter in das Tal. Kurz hatte die Mittagsrast gedauert, denn die Hohenhauser Leute waren schon wieder fest an der Arbeit. Sie trugen das Heu in den Tennen. So ein herrliches Sommerwetter!

Hermann bei der Feldarbeit

Vom Joch führte der Schafsteig durch einen Felsbruch zu steilen Hängen, dem Hauptweideplatz der Schafe. Und als der Hohenhauser auf die ausgesetzte Höhe über der Wand gekommen war, bot sich ihm ein wunderbares Bild, dass er seinen Zorn und Unmut schnell vergaß. Da lagen und standen die graugesprenkelten Schafe auf dem höchsten Grat und ließen sich vom Jochwind umwehen.

Da kam plötzlich Leben in die Herde. Irgendein Leitschaf hatte den Hohenhauser erkannt. Nun lockte er sogar mit lauter Stimme: »Hois! Hois! Hula! Löck! Löck!«

Dem Leitschaf folgten zwei oder drei andere, dann sprangen die Schafe im wilden Durcheinander über den Steilhang herunter. Sie wussten, dass sie nun Salz bekämen. Ein hundertfältiges Blöken hallte in der freien Höhe.

So schnell war es gegangen, dass der Hohenhauser plötzlich ganz eingeschlossen war. Die Schafe umdrängten ihn und schnupperten. Nur mit Mühe konnte er sie zurückhalten, nur mit Mühe gelang es ihm, zum Joch hinaufzusteigen. Fast sechshundert Schafe folgten ihm blökend.

Als er zum Joch hinaufgekommen war, da stand dort plötzlich eine hohe, feste Gestalt, umstrahlt von der Sonne, den Hirtenstab in der Faust, den Hut fest auf den Kopf gedrückt. Der Schäfer hatte die Unruhe der Schafe bemerkt, er hatte gesehen, dass sie plötzlich vom Joch weg auf die Wandseite gesprungen waren. Schnell war er ihnen gefolgt, um dann überrascht stehenzubleiben. So sah ihn der Bauer: ein schlanker, sehniger Bursch, kraftgespannt und sicher, ganz so, wie ein Berghirte sein musste.

Nun kam der Schäfer auf ihn zu und streckte ihm zur Begrüßung die Hand entgegen. Aber der Bauer tat, als sähe er das nicht, er hatte sich abgewandt und schien sich nur um die Schafe zu kümmern, die ihn wieder umdrängten.

»Über Mittag bleiben die Schafe alleweil am Joch, da weht der Wind, und es ist nicht so heiß«, sagte der Schäfer.

Immer noch tat der Bauer, als bemerkte er ihn gar nicht. Was war denn geschehen? Warum zeigte der Hohenhauser sich so ablehnend? Doch jetzt wandte der sich ihm zu und reichte ihm die Hand zum Gruß. Aber es war ein Handschlag, bei dem den Schäfer ein Frösteln überkam, trotz des warmen Sommertages.

»Ich hab dir Mehl und Brot gebracht, und hier ist Salz für die Schafe.« Mehr sagte der Bauer nicht. Keinen freundlichen Gruß, kein Wort, ob er zufrieden sei mit der Herde. War der Bauer ärgerlich, dass er ihn nicht unten am Kotter oder auf dem Joch bei den Schafen angetroffen hatte?

Wie zur Erklärung sagte der Schäfer: »Ich hab gemäht in der Gschietzwand. Habt ihr auch so gutes Heu heuer? Ich schau jeden Tag zu euch hinunter. Ist ja auch so ein guter Sommer!«

Und es wird dein letzter Sommer als Tuxer Schäfer sein, dachte der Bauer grimmig. Bald hast du das letzte Hohenhauser Brot gegessen! Er gab ihm das Säcklein mit dem Lecksalz. Nun ließ er sich genau berichten, was es von den Schafen zu sagen gab, ob alle Tiere gesund seien und ob die Lämmer vor dem Adler sicher gewesen seien. Er sprach von der Weide und befahl: »Am Jakobitag kannst du bis auf das Gamskar fahren! Dort wächst das beste Gras!«

Der Schäfer wusste es, denn er hütete hier ja schon den fünften Sommer, und die Weide war bis auf den Tag genau geregelt. Nun drängten die Schafe wieder stärker herbei.

»Sie brauchen Salz«, sagte der Hohenhauser, und der Schäfer spürte darin einen leisen Vorwurf:

»Gestern hab ich ihnen das letzte Salz gegeben.« Dann lockte er die Schafe mit hallender Stimme. Ein vielhundertfaches Blöken war die Antwort. Die Tiere drängten sich um die Füße der beiden Männer, einige sprangen mit den Vorderfüßen auf.

Nun riss sich der Tuxer Schäfer los aus dem Knäuel, hob den Sack mit Salz hoch auf, und bei der ersten Steinplatte streute er das Salz. Gierig leckten die Tiere.

Der Hohenhauser fuhr mit seiner Hand durch die langen zottigen Felle. Das sind die echten Tuxer Grauschafe, sagte er zu sich selbst, streute selbst auch auf anderen Steinplatten Salz aus, sodass sich die große Herde mehr verteilte und alle etwas bekamen. Ja, grau gesprenkelt wie der Fichtenwald im Winter, lange, zottige Felle, gebogene Hörner, große Ohren – solche Schafe gab es nur in Hintertux!

18

Bis zur Einsperre hinauf hatte der Schäfer das Salz gestreut. Nun folgte der Hohenhauser gemächlich nach. Die Einsperre hoch auf der Wand, fast am Grat, war ein runder Erdwall, auf dem noch ein kleiner Zaun angebracht war, sodass die eingesperrten Schafe nicht entweichen konnten. Dort blieben sie beide eine Zeit lang schweigend stehen. Ein großer grauer Widder näherte sich.

»Das ist der Hohenhauser Widder«, sagte der Bauer stolz. »Ein Robler-Widder, dem kommt keiner bei!«

Dann starrte der Hohenhauser unbeweglich in das Tal hinunter. Der Tuxer Schäfer spürte eine leise Spannung. Verwirrt schaute er bald auf den Bauern, bald auf die Schafe.

Die dunkelblauen Augen des Hohenhauser waren fast schwarz geworden, unergründlich, als hielten sie ein Geheimnis verborgen. Was hatte der Bauer nur? Warum redete er nicht? Oder was würde er wohl vorbringen? Irgendetwas musste geschehen sein, denn so unzugänglich war der Bauer in all den Jahren, die er ihn nun schon kannte, noch nie gewesen.

Und dann kam, ganz ohne Übergang, wie ein Blitz aus heiterem Himmel die Frage: »Wo willst du das nächste Jahr hingehen, Schäfer?«

Darauf war der Schäfer nicht gefasst gewesen. Er erschrak geradezu. Zunächst fand er vor Überraschung keine Worte. Dann fragte er, als hätte er nicht richtig verstanden: »Das nächste Jahr?«

Der Hohenhauser ließ ihm keinen Zweifel, es war schon so, wie er es verstanden hatte. »Wo gehst du das nächste Jahr hin?«

Unsicher, weil er sich keinen Reim darauf machen konnte, ja fast mit Angst in der Stimme sagte der Schäfer: »Ich komme wieder hierher, Hohenhauser. Ich bin gern in Hintertux. Mir hat im ganzen Leben noch nichts so gut geschmeckt wie das haberne Hohenhauser Brot!«

Ja, das wusste der Bauer – und als der Hirte das Hohenhauser Brot erwähnte, erstand wieder vor seinen Augen das Bild, wie er den Schäfer und seine Tochter Maria auf dem Hof hatte beisammenstehen sehen, als ihr die Teiglaibe vom Brett gefallen waren. Heiße Unmut schoss in ihm hoch, und um ja keinen Zweifel aufkommen zu lassen, betonte er: »Nächstes Jahr hütet der Hesser Bub, der Jörgl! Da haben wir unsern eigenen Schäfer!«

Da war das Wort gesprochen, hart, kalt, abweisend und unbeugbar, denn der Hohenhauser duldete keinen Widerspruch.

Aber nein – der Tuxer Schäfer wehrte sich mit der Kraft der Verzweiflung! Ihm bedeutete ja die Wandalm von Hintertux und sein Hirtenamt alles! Nein, das hätte er nicht erwartet!

Prüfend schaute er in das finstere Gesicht des Hohenhausers, als könnte er darin lesen, was denn mittlerweile geschehen sei. Dann richtete er sich hoch auf und trat einen Schritt näher heran. Den schwarzen Hirtenmantel hatte er über die Schulter geschlagen. Seine Stimme klang gequält.

»Hohenhauser, bist du denn in diesen fünf Jahren nicht zufrieden gewesen mit mir? Hast du nicht voriges Jahr noch gesagt, ich sei der beste Schafhirt seit Jahren?«

Der Hohenhauser tat, als hätte er diese Worte gar nicht gehört. Er schaute hinunter ins Tal und rührte sich nicht. Gern hätte er ihn zornig angeschrien: »Ich bin nicht zufrieden gewesen.« Aber er hielt sich doch zurück und schwieg.

Doch gerade in diesem Augenblick schwebte ihm das gutmütige Gesicht des Felix vor, mit dem er sich so gut verstand und den er so gerne auf seinen Hof genommen hätte, und er erinnerte sich seiner Worte: »Sie lacht nicht mehr mit mir! Seit fünf Jahren!« Das konnte nur mit dem Tuxer Schäfer in Zusammenhang stehen.

Und jäh erinnerte er sich, wie oft er die Maria gesehen hatte beim Heuen, den Blick zur Wandalm hoch gerichtet, und wie dann ein verräterisches Rot ihr in die Wangen geschossen war, wenn sie bemerkte, dass er sie dabei beobachtete.

Daher sagte er nun unbeugsam fest: »Beim Markt in Zell kannst du dir im Herbst einen neuen Hirtenplatz suchen!« Mehr nicht. Immer noch stand er auf dem Grat und starrte hinunter in die Tiefe des Tales.

Fieberhaft überlegte der Tuxer Schäfer, was er tun oder sagen sollte. Am liebsten hätte er die breite Hand des Bauern mit beiden Händen umfasst und ihn flehentlich gebeten: »Hohenhauser, lass mich bleiben! Ich kann nimmer anderswo leben!« Aber er hielt sich zurück. Er schaute dem Bauern forschend in das finstere Gesicht und grübelte.

Was mochte drunten auf dem Hof geschehen sein, dass der Bauer plötzlich nicht mehr mit ihm zufrieden war und er nicht wiederkommen sollte? Dass der Jörgl im nächsten Sommer hüten sollte, war nur ein Vorwand. Er kannte den Burschen vom Nachbarhof; er war kaum den Bubenjahren entwachsen und hatte bestimmt noch nicht genügend Erfahrung, um das verantwortungsvolle Amt eines Schäfers auf der Wandalm ausüben zu können

Maria … Sollte es mit der Maria zusammenhängen? Ahnte der Hohenhauser etwas von dem Geheimnis, das sie beide verband? Hatte die Maria sich vielleicht mit einem unbedachten Wort verraten?

Maria … immer war ihr Bild vor seinen Augen gestanden, in den vielen einsamen Stunden hier oben auf der Alm, wo er nur selten einmal einen Menschen zu Gesicht bekam. Umso stärker war seine Sehnsucht geworden, und wenn er ins Tal hinuntergeschaut und den Platz gesucht hatte, wo die Leute vom Hohenhauser-Hof arbeiteten, dann hatte er sie gesucht.

Wie deutlich stand ihre Erscheinung vor ihm … das liebliche Gesicht … wie deutlich war ihm der Klang ihrer Worte im Ohr, die sie ihm an jenem schneereichen Palmsonntag gesagt hatte: »Ich mag nimmer sein ohne dich.« Und nun sollte er im nächsten Jahr nicht mehr nach Hintertux zurückkehren dürfen?

Die Gedanken an die Maria gaben ihm den Mut, nun dem Bauern zu trotzen und zu sagen: »Hohenhauser – aber die Bauern von Hintertux haben mich alle gern! Weißt du, wie ich vor zwei Jahren noch im Herbst zwanzig Schafe aus dem Schnee gerettet hab?«

Was ging das den Hohenhauser an? Das war ja lange vorbei, heute hatte er eine andere Sorge auf dem Herzen. Um sein Verhalten aber irgendwie zu begründen und auch den anderen Bauern verständlich zu machen, sagte er nun:

»Du weißt, Tuxer Schäfer, woher du stammst, daher ist es besser, du gehst wieder! Dein Vater hat so viel Unheil über das Tal gebracht. Seinetwegen sind fünf Familien ausgewandert, die

Verwandten meiner Mutter von Finkenberg waren auch dabei ... Ja, geh nur wieder dorthin, woher du gekommen bist, und lass die Tuxer in Fried! Du weißt, von Hintertux ist kein einziger ausgewandert ... wir wollen mit solchen Leuten nichts zu tun haben!«

Der Schäfer fühlte jedes Wort wie einen Faustschlag. Er duckte sich. Eine ungeheure Traurigkeit erfüllte ihn. Wieder waren die alten Wunden aufgerissen worden, wieder wurden die schweren und düsteren Erlebnisse seiner Jugendzeit lebendig, wie er sich als Bub, vereinsamt und abgesondert gefühlt hatte, und die anderen hatten ihm höhnend zugerufen: »Protestant! Protestant!«

Sollte nun in Hintertux alles wieder lebendig werden, wo er sein Leben neu aufbauen wollte? Ein Steinsdilag hallte vom Gamskar. Die Natur war in Aufruhr gekommen. Dort oben, nahe der Einsperre, ganz auf dem Grat ragte ein doppelbalkiges Wetterkreuz in den Himmel. Dort war einmal ein Hirt mit etwa zwanzig Schafen vom Blitz erschlagen worden. Nun reckte das Kreuz das Gebälk hoch in den Himmel.

Lange Zeit dauerte die drückende Stille. Dann wandte sich der Hohenhauser zum Schäfer und sagte schulterzuckend: »Ja, es ist einmal so! Wir von Hintertux wollen nichts mehr zu tun haben mit dir!«

Das tat weh. Fassungslos stand der Schäfer auf dem Grat. Wie aus weiter Ferne schien die fast spöttische Stimme des Hohenhauser zu kommen: »Du wirst halt im Außertal auf eine Alm gehen! Da brauchen sie gute Hirten!«

Zum ersten Mal wagte nun der Schäfer einen Widerspruch: »Nein, Hohenhauser, ich bleib im Tuxertal! Mir hat es noch nirgends so gut gefallen. Vielleicht kann ich in Juns oder in Nassentux Hirt werden – aber ich bleib im Tuxertal!«

»Im ganzen Tuxertal wollen sie keinen Protestanten! Drum ist es besser, du gehst in das Außertal!«

Es kam dem Schäfer eigenartig vor, mit welcher Beharrlichkeit er aus dem Tal verdrängt werden sollte. Der Bauer ging aufs Ganze! Er wollte ihn ein für alle Mal aus dem Gesicht haben. Dass sein Vater das Tal im Unguten verlassen hatte, das konnte auch nicht der Grund sein; denn er hatte nicht verschwiegen, wer sein Vater war, als der Hohenhauser ihn in Pflicht nahm. Und in fünf langen Jahren hatte auch niemand in Hintertux sich daran gestoßen und ihn Ablehnung fühlen lassen.

Nein, es musste dem Hohenhauser um ganz etwas anderes gehen! Und der Grund konnte nur die Maria sein. Wenn er doch nur wüsste, was drunten auf dem Hof geschehen war, dass der Bauer sich nun so verhielt! Vielleicht hatte er für die Maria einen Mann ausgesucht, und als er dann mit der Tochter darüber gesprochen hatte, hatte sie ihm gesagt, dass sie sich mit dem

Schäfer versprochen hatte. Ja, so konnte es gewesen sein! Darum sollte er aus dem Tal verschwinden, damit der Hohenhauser seine Pläne verwirklichen konnte!

19

Als wollte er das Gespräch beendet wissen, wandte der Bauer sich ab und stieg zum Wetterkreuz hoch. Scharf zeichnete sich auf dem Grat seine dunkle Gestalt gegen den strahlenden Himmel ab. Reglos blieb er dort oben stehen, den Blick auf die Gamskarspitze gerichtet. Die Schafe hatten wieder zu grasen begonnen und sich über die Hänge und Höhen verteilt.

Der Schäfer sah zum Bauern hoch. Was sollte er nun tun? Noch einmal durchdachte er alles. Nicht der Jörgl, so entschied er, war der Grund dafür, dass man ihm den Dienst aufsagte, und auch nicht sein Vater. Nein, einzig und allein konnte es nur mit der Maria zusammenhängen. Sollte er nun alles seinen Gang gehen lassen? Wenn er jetzt wieder zur Gschietzwand aufstieg, würde er vorerst wohl über die trüben Gedanken hinwegkommen bei der harten Mäharbeit an den ausgesetzten Stellen, die seine ganze Aufmerksamkeit erfordern würde.

Aber damit wäre nichts entschieden, wäre eine letzte Auseinandersetzung nur aufgeschoben. Und zu einer Auseinandersetzung musste es kommen, denn er wollte nicht auf die Maria verzichten. Warum also noch zögern? Hier und jetzt musste er sich dem Bauern bekennen.

Fest dazu entschlossen, stieg er ihm nach, zum Wetterkreuz empor. Er stellte sich vor ihn hin. »Hohenhauser«, sprach er ihn an, »dir ist es nicht ernst, dass mein Vater Protestant war. Seit fünf Jahren hast du das gewusst, und nie hat es dich gestört, nie hast du deswegen ein Wort verlauten lassen. Nein, Hohenhauser, es ist etwas ganz anderes, dass du mich nicht mehr im Tal haben willst! Ich weiß, warum ... und du weißt es auch. Darum brauche ich es nicht zu sagen.«

Langsam wandte der Bauer ihm das Gesicht zu. Beide sahen sich fest in die Augen, schweigend, eine lange Zeit. Und keiner wich dem Blick des anderen aus.

Der Schäfer verzagte nicht. Jetzt musste die Entscheidung kommen. Er hatte sie herausgefordert.

»Ich weiß«, fuhr er dann fort, »du jagst mich davon wegen deiner Tochter, wegen der Maria.« Kein bisschen hatte seine Stimme geschwankt, als er damit dem Hohenhauser gegenüber sein großes Geheimnis, den Traum vieler Jahre, entdeckt hatte. Er fasste, als müsste er nun doch einen Halt haben, mit der Hand zum Stamm des Wetterkreuzes, die Rechte streckte er dem Hohenhauser entgegen.

Der Bauer brachte vor Überraschung kein Wort heraus. Schweigend musterte er den anderen. In seinen Augen flackerte ein bedrohliches Blitzen. Aber der Schäfer gab nicht nach.

Fast bittend klang es, als er jetzt sagte: »Es ist doch wahr, Hohenhauser. Nur deswegen willst du mich aus dem Tal haben. Aber eins musst du wissen« – als ob er einen Schwur spräche, hob er die Hand – »die ganzen Jahre über habe ich kaum einmal mit der Maria ein Wort geredet. Aber seit wir uns zum ersten Mal gesehen haben, wissen wir, dass wir zusammengehören. Ja, Hohenhauser, wir zwei gehören zusammen! Im Herbst hätte ich es dir gesagt und um deinen Segen gebeten. Doch ist es gut, dass du es heute schon weißt!« Ohne sich zu regen, stand er unter dem Kreuzbalken. Seine Worte verhallten in der Weite der Berge. Der Jochwind wehte. Ein Steinschlag donnerte zu Tal.

Der Bauer trat einen Schritt zurück. Die Augen waren zu einem Spalt zusammengekniffen. Im Gesicht lagen Abweisung und Spott. Langsam wandte er sich um und ging mit schwerem Schritt davon. Kein Wort war über seine Lippen gekommen.

Plötzlich blieb er stehen und sagte mit einer Stimme, die dem Schäfer ein Schauern über den Rücken rieseln ließ:

»Hast Recht. Es ist gut, dass du mir das heute schon gesagt hast. Jetzt weiß ich erst recht, dass du gehen musst. Du bist wie dein Vater – ein richtiger Aufwiegler.«

Ohne den Schäfer noch einmal anzusehen, ohne einen Blick zu den Schafen, stieg er den ausgesetzten Grat abwärts.

Der Schäfer verharrte in sich versunken am Wetterkreuz. So groß seine Freude darüber gewesen war, dass er sich dem Vater der Maria schon jetzt offenbart hatte, so groß auch die Erwartungen gewesen waren, die er mit dem Geständnis seiner Liebe zur Maria verknüpft hatte, so hilflos und verzagt, so traurig und bedrückt war ihm jetzt zumute, weil der Hohenhauser seine Aufrichtigkeit mit einem bösen Wort vergolten hatte, das schlimmer war als ein Schlag ins Gesicht.

»Ein richtiger Aufwiegler«, hallte es in ihm nach.

Dann verschwand die Gestalt des Hohenhauser hinter einem Felsvorsprung.

Erst jetzt ließ im Schäfer die Spannung nach. Unendlich müde lehnte er den Kopf an das raue Holz.

Einige Schafe hatten sich ihm genähert und umschnupperten ihn, als spürten sie die Not ihres Hirten und wollten ihn aufmuntern.

Er griff in die Tasche und holte ein Stückel Brot hervor. »Ja, Schafeln«, sagte er, »es ist schon so. Im nächsten Sommer soll ich nicht mehr bei euch sein.«

Als wollte es Einspruch erheben, blökte ein Schaf.

Wieder starrte der Schäfer versonnen in die Ferne. Tiefe Falten runzelten sich auf der Stirn des sonnenverbrannten Gesichtes mit dem starken Hirtenbart.

Endlich reckte er sich, und laut rief er hinter dem Hohenhauser her, obwohl der schon viel zu weit weg war, um ihn noch verstehen zu können: »Nachgeben werd ich nicht! Der Mensch muss tun, wozu es ihn zwingt, genau wie der Bach alleweil abwärts fließen muss!«

Er riss den Hut vom Kopf und stieß einen hellen Juchzer aus. Den musste der Hohenhauser gehört haben, denn von weit her kam das Echo, vielfältig sich brechend, zurück.

»Ja, Maria, ich geb nicht nach! Denn das eine weiß ich gewiss: Wir zwei gehören zusammen!«

Die Schneefelder an der Gefrorenen Wand und am wilden Olperer, selbst die vom Riffler drüben, gleißten im Licht der Sonne dieses hohen Mittags. Wie oft hatte er das schon gesehen, aber immer wieder verzauberte es ihn und auch jetzt vermochte es wieder sein wild pochendes Herz zu beruhigen.

Jetzt wandte er dem Wetterkreuz den Rücken und ging davon. Vier Schafe trotteten hinter ihm her. Beim kleinen Kar jagte er sie mit Händeklatschen zurück. Weiter ging er, zum Gamskarsattel. Einmal stieß er unvermutet auf ein Rudel Gemsen. Die aufgescheuchten Tiere stießen Steine los, die polternd den Hang herunterrollten.

Höher und höher stieg er, war schon weit über dem Weidegrund. Still und einsam war es um ihn. Aber er war glücklich.

Ihm war, als wäre er nicht mehr allein. Ein weicher Schritt ging leise neben ihm her, und wie alle Menschen, die viel allein sind, sprach er laut mit sich und seiner unsichtbaren Begleiterin. Ganz weich und ruhig war seine Stimme. »Ja, Maria, ich hab es dem Vater heut schon sagen müssen, es ging nicht anders. Gar nicht recht ist es ihm gewesen. Aber nachgeben tu ich nicht. Niemals!«

Nun war er beim Gamskarsattel angekommen und stieg in das Geröllfeld ein. Immer wieder trat er einen Stein los, der laut polternd zu Tal kugelte und weitere Steine mit sich riss. Schärfer wehte hier der Wind.

Und dann stand er auf dem Gipfel der Gamskarspitze. Weit ging der Blick in die Runde.

Weiße Schneewächten umlagerten den Gipfel. Das Eisfeld der Gefrorenen Wand glitzerte im Gegenlicht, und der wilde Olperer ragte wie eine Märchenburg in den tiefblauen Himmel.

Geblendet von dieser Lichtflut um sich herum, hielt der einsame Mann die Hand schattend über die Augen und schaute suchend umher.

Ja, dort hinten, am Fuß des wilden Olperer, war die Frauenwand. Da waren die Saligen Fräulein von Hintertux daheim, von denen an den langen Winterabenden in den Stuben und Rauchkucheln die Alten so viel zu erzählen wussten.

Dorthin waren sie geflüchtet, um sicher zu sein vor dem Riesen Tuckes, dort hatten sie ihre Berghöhlen, vor denen sie in den Mondnächten sangen und tanzten …

Wie herrlich war es hier, ganz überkommen vom Glück dieser Gipfelstunde war er. Und von hier sollte er fort?

»Nein, Maria, ich bleibe – wir beide gehören zusammen. Im Herbst frage ich den Vater wieder.« So hatte der Tuxer Schäfer in seiner Bergwelt den inneren Frieden wiedergefunden und die Festigkeit.

Der Hohenhauser aber war an diesem Tag erst spät nach Hause gekommen. Es dunkelte bereits. Vom Schäfer weg war er zur Heuernte gegangen. Jeder seiner Leute hatte danach getrachtet, ihm nicht zu nahe zu kommen, denn so unmutig und abweisend hatten sie ihn kaum je gesehen. Geradezu unheimlich war es gewesen, wie er sich in die Arbeit gestürzt hatte, keine Pause hatte er sich gegönnt, keine noch so kleine Rast. Was mochte ihn heute bloß umtreiben?

Immer wieder hatte die Maria einen scheuen Blick auf ihn geworfen. Aber anzusprechen wagte auch sie ihn nicht. Sein seltsames Wesen, seine Unrast, seine Schweigsamkeit, der harte Zug um den Mund – er war doch auf der Wandalm gewesen, schon heute in der Früh – sollte es etwas mit dem Tuxer Schäfer gegeben haben? Das Herz wurde ihr schwer.

20

Am Abend, wenn die Dämmerung einfiel, ging es auf den Höfen von Hintertux immer noch geschäftig zu.

Während die Männer bedächtig, hier und da eine Zwiesprache haltend, ihren Höfen zustrebten, hatten die Frauen es sehr viel eiliger, heimzukommen, denn jetzt kam ja noch die Arbeit in Stube, Küche und Kammer.

Die Maria hatte noch zwei Geißen zu melken. Trotz der langen und schweren Arbeit auf den Wiesen gab es für sie noch keinen Feierabend. Die Bedrückung, die den Tag über auf ihr gelastet hatte, als sie den Vater so unstet und wie abwesend hatte schaffen sehen, war gewichen. Fröhlich und lachend hörte man ihre helle Stimme weitum. Scherzworte rief man ihr zu, auf die sie eine lustige Antwort wusste.

Aber da nahte der schwere Schritt des Vaters. Die schweren Schuhe echoten auf dem Steinpflaster. Ganz gegen seine Gewohnheit ging er heute nicht gleich ins Haus, sondern kam auf sie zu.

Rank und schlank stand sie vor ihm, noch jetzt im Dämmerlicht sah man ihre Augen blitzen.

Der Vater hatte sie immer gern gehabt, und auch sie war ihm aufrichtig zugetan. So brauchte sie sich vor ihm wohl nicht zu fürchten, und darum fasste sie Mut und fragte ihn mit froher Stimme:

»War's schön heut früh auf der Wandalm?«

Ein Unheil kündender Zug trat in das Gesicht des Vaters, sodass sie zutiefst erschrak.

»Ja, schön war's. Es gibt keinen schöneren Fleck im ganzen Tuxer Tal als die Wandalm. Aber dass du es weißt, Maria: Der Tuxer Schäfer hat heuer zum letzten Mal bei uns gehütet!«

Das letzte Mal? Ein heißer Schreck durchfuhr die Maria. Mit groß aufgerissenen Augen starrte sie den Vater an, und fast erstickte ihr die Stimme, als sie hastig fragte: »Der Tuxer Schäfer? Warum?«

Der Vater ließ ihr keinen Zweifel: »Ich hab ihn schon vor fünf Jahren nicht gern aufgenommen, aber wir haben ihn damals halt grad gebraucht. Und ein guter Schäfer ist er ja auch gewesen, das muss man ihm lassen. Aber heut hab ich es ihm gesagt, dass er ein Aufwiegler ist. Dass du es weißt: Er ist der Sohn vom Profer, der auswanderte. Viel Unheil hat sein Vater über unser Tal gebracht! Aber wir brauchen hier keine Protestanten, auch wenn er nur der Sohn vom Auswanderer ist!«

So sehr hatte der Bauer seine Stimme gesteigert, dass eine Magd aus der Rauchkuchl heraustrat, um zu sehen, was es gäbe.

Herrisch fuhr der Hohenhauser sie an, sie solle verschwinden, und schnell war die Tür wieder geschlossen. Mit dem Bauern war heute aber auch gar kein Auskommen! Dass er sogar mit der Maria schrie, die ihm doch von allen am nächsten stand!

Matt lehnte die Maria sich an die Hauswand. Aller Frohsinn war ihr vergangen. Sie wischte sich über die Augen, in die sich ein paar verräterische Tränen gestohlen hatten. Sie wollte etwas sagen, aber die Stimme erstickte.

»Vater –«

Verärgert fiel der Vater ihr ins Wort: »Was geht dich der Tuxer Schäfer an! Ich will ihn nicht mehr hier im Tal haben! Gleich im Herbst soll er dahin gehen, woher er gekommen ist! Ich hab es den anderen Bauern schon gesagt! Ich will keinen Protestanten hier bei uns!«

Als schlüge man sie, so war der Maria zumute. Aber in der Angst um den Schäfer fragte sie: »Ihr habt euch doch nicht gestritten?«

»Bald wäre es dazu gekommen«, sagte der Vater aufgebracht, in der Erinnerung an den Wortwechsel mit dem Schäfer. »Ja, bald wäre es dazu gekommen, wenn ich ihn nicht hätte stehen lassen und abgestiegen wär! Weißt du, was er mir vorgehalten hat? Deinetwegen würd ich ihn aus dem Tal jagen! Deinetwegen! Nicht, weil er der Sohn vom Profer ist, sondern nur wegen meiner Tochter! Konnte ich ihm da etwas anderes antworten als: Jetzt weiß ich erst recht, dass du gehen musst?«

»Vater!« Angst und Verzweiflung klangen aus dem Ruf. Der Körper schüttelte sich unter dem Schluchzen, das sie befallen hatte. Die Hände presste sie vor die Augen, die Tränen rannen zwischen den Fingern hervor. Das Kopftuch hatte sich gelöst, die blonden Haare fielen herab. Halt suchend lehnte sie sich fest an die Wand.

»Vater – wir haben uns versprochen, der Schäfer und ich – heuer, am Palmsonntag – im Schneesturm hat er mir heimgehen geholfen – in all den Jahren hab ich kaum einmal mit ihm gesprochen, aber gern hab ich ihn vom ersten Augenblick an, wo er zu uns kam. Ich kann nicht leben ohne dich, hat er gesagt, und ich hab ihm geantwortet, dass ich auch nimmer ohne ihn leben mag, und wir haben uns die Hand gegeben, Vater – wir sind einander versprochen –« Stoßweise, immer wieder vom Schluchzen unterbrochen, hatte sie das Geständnis gemacht.

Mit immer größerem Staunen hatte der Hohenhauser zugehört. Maria – seine Tochter, die er so liebte und auf die er so stolz war! Er unterdrückte seinen Zorn. Er musste der Maria helfen, und so klang seine Stimme dann ruhig und besonnen, wenn sie auch zitterte:

»Kind, du bist noch so jung und unerfahren, du weißt noch nichts vom Leben! Und du musst deinem Vater glauben, dass er es nur gut mit dir meint …« Er trat auf sie zu und fuhr ihr unbeholfen mit seiner rauen Hand über die Haare. »Maria, du hättest den Felix nicht vergessen sollen!« Damit wandte er sich ab und ging ins Haus hinein.

Die Weichheit, mit der der Vater gesprochen hatte, die leise Liebkosung, als er ihr über die Haare gestrichen hatte – wann jemals hatte der Vater, der so hart gegen sich und andere war, das getan? – ließen sie ruhiger werden. Noch eine Zeit lang blieb sie an der Wand stehen. Dann verebbten die Tränen. Sie rieb sich die Augen und richtete ihr Kopftuch.

Eine Geiß war noch zu melken. Bei der gewohnten Arbeit überkam sie wieder Ruhe, sodass man ihr nichts anmerkte, als sie dann mit dem Melter voll frischer Milch in die Küche kam.

»Heut hast aber lang gebraucht«, meinte die Brigitta, die nicht ahnen konnte, was die letzte Stunde für ihre Schwester bedeutet hatte.

In der riesigen Pfanne auf dem offenen Herd brodelte das Mus. Die Hohenhauserin stand, klein und verhutzelt geworden, davor. An solchen Tagen, wo alle vom Hof bei der Erntearbeit waren, zwang sie sich mit all ihr verbliebenen Kraft, auch ihren Teil an der Arbeit zu leisten. Wenig genug war es, was sie noch zu schaffen vermochte. Vergeblich mühte die

Bäuerin sich, die schwere Pfanne nun vom Feuer zu nehmen.

Die Emma sprang herzu und trug die Pfanne vor das Haus und stellte sie dort auf das Steinpflaster, damit das Mus etwas abkühlen konnte. Große Brocken Butter legte sie obenauf, und bald bedeckte das ganze Mus eine goldgelbe Schicht. Mittlerweile hatten die anderen sich um den großen Tisch gehockt, weidlich hungrig nach dem langen Tag mit seiner schweren Arbeit.

Als die Emma nun die Pfanne hereinbrachte und mitten auf dem Tisch absetzte, erhoben sich alle, und der Bauer schlug das Kreuzzeichen und sprach das Tischgebet. Wieder nahmen sie Platz, und der Bauernknecht langte mit seinem Löffel als Erster in die Pfanne, wie es das Vorrecht seiner Stellung war.

Zwei Schüsseln mit Geißmilch hatte die Emma noch neben die Pfanne gestellt, und das einfache Gericht schmeckte wie ein herrliches Festessen. Matt erhellte das Licht einer Öllampe die Tafelrunde, die schweigend aß. Ein Laib Gerstenbrot wurde auf den Tisch gelegt, von dem zum Abschluss jeder ein Stückchen aß, das »Segensbröckel«, wie es Brauch und Sitte war.

Heute schien die Muspfanne doch etwas zu groß gewesen zu sein, nicht alles wurde aufgegessen. Aber niemandem war aufgefallen, dass der Hohenhauser und die Maria nur sehr selten ihren Löffel in das Mus gesteckt hatten.

Durch das Fenster schimmerten bereits die Sterne. Durch die offene Küchentür strich wundersam der Heuduft dieser milden Bergsommernacht herein.

Alle knieten auf den Boden nieder und beteten zum Abschluss dieses Tages als Dank für das gute Wetter und die reiche Ernte den Rosenkranz.

»Gute Nacht«, sagte nun der Bauer.

Nach einer kleinen Weile, während der die Schwestern sich in der Küche zu schaffen machten, den Tisch abwischten und die Pfanne spülten, traten die Brigitta und die Emma vor den Vater, der ihnen das Kreuz auf die Stirn zeichnete, und gingen dann in ihre Kammer.

Auch die Maria segnete der Vater. Seine Hand schien dabei zu zittern. Sie senkte den Kopf, als er leise sagte: »Es wird schon alles wieder gut werden …«

Hastig stapfte er dann hinaus; es war, als wollte er die Rührung nicht merken lassen, die ihn ankam.

Die Mutter saß noch neben dem Herd und richtete das Hühnerfutter für den nächsten Tag her. Verwundert sah sie auf die Maria, die wie verloren auf die Tür starrte, hinter der der Vater verschwunden war.

»Bist denn noch gar nicht müd?«, fragte sie. »Sogar der Vater ist schon schlafen gegangen. War ja heut auch ein anstrengender Tag für ihn, die Heuarbeit und heut früh der Weg auf die Wandalm. So viel hat er hinauftragen müssen. Er hat noch gar nicht erzählt, wie's da oben gegangen ist.«

Die Maria setzte sich auf die Herdbank, beugte den Kopf auf die Arme und begann bitterlich zu schluchzen.

Geradezu erschrocken fuhr die Mutter herum. Was war denn mit der immer so frohen Maria? Sie schlurfte herbei und strich weich über die Haare ihres Kindes.

»Aber Kind! Was ist denn? Bist du krank?«

Die Maria schluchzte und schluchzte, und als die Mutter nun wieder fragte, gestand sie stockend: »Ich hätt' es dem Vater früher sagen sollen – und auch dich hätte ich fragen sollen – nun weiß ich nicht, wie es weitergehen soll!«

»Sprich dich aus, Kind«, forderte die Mutter sie auf. »Was ist denn? Was hättest du dem Vater sagen sollen?«

Die Maria wandte ihr das tränennasse Gesicht zu. »Am Palmsonntag hab ich mich mit dem Schäfer versprochen!«

Die Mutter befiel kein kleiner Schrecken. Aus verschiedenen Reden des Vaters hatte sie schon seit Langem gemerkt, dass er mit dem Schäfer nicht mehr so gut auskam wie in all den vergangenen Jahren. Irgendetwas musste entfremdend zwischen die beiden getreten sein.

»Freilich, Kind! Das musst du ihm sagen!«

»Heut hab ich's ihm gesagt!«

»Und?«, fragte sie angstvoll.

»Gar nicht zornig ist er geworden. Aber er hat gesagt, nun muss der Schäfer erst recht aus dem Tal und darf nimmer wiederkommen! Im Herbst nach der Abfahrt muss er gehen. Die andern Bauern wollen's auch so, hat er gesagt.«

Wieder schluchzte sie auf. Die Mutter hatte sich neben sie gesetzt. Das kränkliche Gesicht sah im Schein des Herdfeuers noch verhärmter aus als sonst. Sie legte den Arm um die Tochter und zog sie an sich.

»Kind, das ist das erste Mal, dass der Vater seinen Zorn bezwungen hat ...«

Verwundert sah Maria die Mutter an. Sie wischte sich die Tränen aus den Augen und richtete sich auf.

»Mutter, ich habe dem Schäfer mein Wort gegeben, und ich mag nicht mehr ohne ihn leben. Nun weißt du alles.«

Sie stand auf. Jahrelang hatte sie das Geheimnis ihrer Liebe still für sich getragen. Heute war es wie ein Wildbach ausgebrochen, aber was nun auch geschehen würde, eines glaubte sie mit Sicherheit zu wissen: Den Schäfer hatte sie lieber als alle anderen Menschen, lieber sogar als den Vater und die Mutter.

»Gute Nacht, Mutter«, sagte sie und ging gestrafft aus der Küche.

Mit gefalteten Händen saß die Hohenhausbäuerin noch lange allein auf der Bank, bis das Feuer in sich zusammensank und die Glut nur noch unter der Asche schwelte.

21

Immer noch herrschte das milde Sommerwetter vor. So schön und so gut war es seit vielen Jahren nicht mehr gewesen, waren sich alle Hintertuxer einig.

Die Arbeit auf den Wiesen im Tal und an den Hängen war beendet. Nun galt es, höher hinauf zu steigen, um das gute Bergheu zu machen.

An einem Montag in aller Früh begann der Auszug aus dem Tal. Bauern und Knechte, die Mägde, auch die größeren Kinder und sogar die noch rüstigen Alten wanderten bergwärts. Nur die Mütter blieben daheim und die kleinen Kinder.

Auch die Leute vom Hohenhauser-Hof waren ausgezogen, allen voran der Bauer, schwer beladen mit Sense, Dengelstock und anderen Geräten, den schwarzen Mantel über die Schulter geworfen. Wenn das Wetter weiter so hielt, wie es zurzeit war, dann würde es auch heuer wieder ein frohes Fest werden.

Um diese Zeit weideten die Schafe schon hoch unter der Gamskarspitz oder in dem steilen Geschröfe des Weitentales. Jetzt galt es für den Schäfer, besonders Obacht zu geben, damit die

Tiere an den gefährlichen Hängen nicht zu Schaden kamen. Sie auch in der Nacht grasen zu lassen, war zu gewagt. Darum musste er die Tiere vor Nachteinbruch hinuntertreiben an den Fuß der Gschietzwand oder gar zum Sietz, wo ja auch seine Schäferhütte stand.

So sahen denn die Bergheuer des Abends den Tuxer Schäfer oft lange Zeit auf dem Joch stehen, unbeweglich, als wäre er aus Stein. Aufmerksam beobachtete er seine Herde, er spürte sofort, wenn welche fehlten. Dann gab er nicht Ruh, ehe nicht die versprengten Tiere aufgespürt und sicher zur Herde getrieben waren.

Wenn dann die Schafe langsam bis zum Sietz sich heruntergegrast hatten, wenn die Dämmerung in die tiefen Täler kroch und die Schatten immer schwärzer wurden, wenn der letzte Sonnenstrahl am wilden Olperer verglühte, dann war endlich auch für den Schäfer die Zeit der Ruhe gekommen.

Er stieg hinunter zu seinem Kotter, um den die Schafe sich auch schon gelagert hatten. Bald knisterte auf der Feuerstelle das würzige Pechholz, dann die Pfanne darüber, und schon duftete die Hütte nach dem schmackhaften Milchmus.

Als er gegessen hatte, trat er noch einmal hinaus in die samtene Bergnacht. So weit das Auge reichte, überall dort, wo Bergheu gemacht wurde, flackerten vor den Stadeln kleine Feuer, von den Höhen herab bis zu dem engen Talgrund des Mahdseitentals. Der Schäfer konnte sich nicht sattsehen an diesem schönen Bild. Und das sollte er nun im kommenden Jahr nicht mehr erleben dürfen?

Unwillkürlich ging sein Blick dorthin, wo die Leute vom Hohenhauser-Hof ihre Mahd zu machen pflegten. Ja, dort, auf der ragenden Höhe, brannte auch ein Kochfeuerchen. Sie waren also schon auf dem höchsten Mahd, wo sie nie länger als drei Tage zu tun hatten.

Zwei Tage vor dem hohen Frauentag kam ein Bub aus dem Schmirntal zum Schäfer hoch. Die Bauern dort hatten keine eigene Schafalm, sondern ließen ihre Tiere auf der Tuxer Alm mitweiden. Der Bub brachte den Auftrag, dass so schnell wie möglich fünfzig Schmirntaler Schafe zurückgetrieben werden sollten. Das war keine einfache Sache, die Tiere aus der großen Herde auszuscheiden! Das schaffte der Schäfer nicht allein, dazu brauchte er drei, besser noch vier Mann zur Hilfe, denn die Schafe mussten einzeln mit Salz gelockt, dann gefangen und in die Einsperre gebracht werden, bis alle fünfzig beisammen waren.

Der Schäfer musste sich also Hilfe herbeiholen. Ein froher Gedanke durchschoss ihn: Wie wäre es, wenn er selber hinunterginge? Die Hohenhauser Leute waren ja auf dem Wassermahd im

Weitental! Dann könnte er die Maria wenigstens einmal wiedersehen!

Dem Hirtenbub aus dem Schmirntal gab er genaue Anweisungen. Nur bis zur Einsperre droben beim Wetterkreuz, nahe dem Wandgrat, hinauf dürfe er die Schafe weiden lassen, auf keinen Fall dürften sie höher gehen.

Es war noch dunkle Nacht, als er aus dem Heulager kroch. Aber schon zeigte sich fern über den Bergen der erste flimmernde Schein des Tages. Noch war das Gelände kaum erkennbar, aber dennoch machte er sich auf den Weg. Mit unglaublicher Sicherheit fand er sich zurecht und stieg auf dem ausgesetzten Hirtensteig über die Wand in die Richtung zum Weitental. Als er an den einzig möglichen Durchstieg gekommen war, den nur Gamsjager und erfahrene Berggeher wagten, war es bereits dämmerig geworden, sodass man schon mehr unterscheiden konnte.

Da sah er vor sich den niederen Stadel des Wassermahdes. Er kannte die Gewohnheit des Hohenhauser, bei der ersten Dämmerung die Sense zu dengeln. Aber seltsam, noch klang kein heller Dengelschlag durch die Berge.

Der Stadel schien verlassen, die Bretterluken waren geschlossen. Ob sie wohl schon gestern Abend die Arbeit beendet hatten und in das Tal gezogen waren?, fragte er sich.

Jetzt leuchteten die höchsten Gipfel im schimmernden Licht der Sonne. Feierlich rauschte der

Wasserfall in der Tiefe der Schlucht. Sonst blieb alles still.

Er wollte sich schon abwenden und ins Tal steigen, da ging er doch noch an die Hütte heran, pochte an die Wand und rief laut: »Hohenhauser!« Alles blieb ruhig, nur der Widerhall kam von der Felswand zurück. Und dennoch – es musste jemand im Heu liegen, denn deutlich hörte er nun ein Rascheln.

Noch einmal rief er laut: »Hohenhauser!« Ja, hatte der denn heute wirklich verschlafen? Wieder das Rascheln im Heu!

Er öffnete die Bretterluke und sagte: »Hohenhauser, ich hätt' nur sagen wollen, dass die Schmirner –« Das Wort erstarb ihm, wie gebannt blieb er im Eingang stehen und starrte auf die Gestalt, die sich aus dem Heu nun aufrichtete.

»Maria!«

Die ersten Sonnenstrahlen tasteten sich in den niederen Stadel. Schlaftrunken rieb sich die Maria die Augen und sah immer wieder auf den frühen Besucher, als meinte sie, noch im Traum befangen zu sein.

»Hermann ...«, kam es kaum hörbar von ihren Lippen.

»Was ist denn geschehen, dass du noch allein hier bist?«

Sie habe sich gestern den Fuß vertreten und sei darum hier oben geblieben, die anderen seien gestern Abend noch ins Tal hinuntergegangen.

Ein verlegenes Schweigen trat ein. Als hätte er sich zu entschuldigen, berichtete der Schäfer, dass er sich Hilfe holen müsste, ein halbes Hundert Schafe sollte ausgeschieden und über die Gamskarscharte nach Schmirn hinuntergetrieben werden. »So muss ich halt nach Hintertux«, schloss er.

Fast unmerklich schüttelte sie den Kopf, als wollte sie ihn warnen: Geh nicht ins Tal! Der Schäfer hatte sich am Eingang auf ein Brett niedergelassen. Den Hut legte er neben sich ins Heu.

Keiner der beiden wusste, was er sagen sollte. Das unverhoffte Wiedersehen überwältigte sie schier. Und dennoch war es, als sagte gerade das Schweigen alles, was es zwischen ihnen zu sagen gab.

Endlich kam es vom Schäfer: »Ich hätt' auch den Hirtenbuben von Schmirn hinunterschicken können, aber ich hab es nicht mehr ausgehalten! Ich hab mir gedacht, vielleicht könnt ich dich wenigstens sehen und deine Stimme hören!«

»Mir ist es nicht anders gegangen, Hermann, ich hab's auch kaum mehr erwarten können, dich wiederzusehen – und als deine Stimme mich eben aufweckte, dacht ich, ich träumte – und fast bin ich mir immer noch nicht sicher, ob es nicht doch ein Traum ist, dass du wirklich da bist!«

»Aber schau doch, Maria«, sagte er, »die Nacht ist längst vorbei, die Sonne scheint schon, es wird wieder ein schöner Tag!« Und dann fügte er ernst hinzu: »Maria, sag – hast du den Palmsonntag auch nicht vergessen?«

Ihr Gesicht rötete sich. Sie schaute zur Seite. Dann nickte sie und flüsterte: »Nein, immer hab ich daran gedacht!«

»Fünf Jahre sind es jetzt, Maria, dass wir nebeneinander gewesen sind, und nie haben wir uns einmal allein länger sprechen können. Heut ist es das erste Mal. Und das muss ich dir heut sagen: Außer meiner Mutter bist du der erste Mensch, der gut zu mir ist … der erste Mensch!« Und die Erinnerung an sein Leben überkam ihn mit aller Macht, dass es ihn zwang, alles zu erzählen. Er musste sich einmal die Last von der Seele schütteln:

»Maria – ja, du bist der erste Mensch, der es gut mit mir meint – schon beim ersten Blick hab ich das gespürt! Lass dir erzählen, wie schlecht es mir ergangen ist: Sieben Jahre bin ich alt gewesen, da ist mein Vater ausgewandert, er war Protestant, und die Mutter ist schwer krank gewesen. Sie hat kein Geld gehabt, und so bin ich zu fremden Leuten gekommen. Und die Kinder haben mir überall nachgeschrien: Protestant! Protestant! Protestanten-Bub! Sie haben mir Steine nachgeworfen und – ich kann dir gar nicht sagen, was das für schwere Jahre gewesen sind … Dann ist die Mutter gestorben. So habe ich mich als Hirt verdingt, da konnte ich wenigstens allein sein …«

Hastig und gelöst, als hätte er die Worte schon vorher überlegt, erzählte er noch von seinen bitteren Erinnerungen. Als er von seinem Vater sprach, zitterte seine Stimme, und sein Gesicht verdüsterte sich:

»Und da hat mir der Vater durch einen Rückwanderer einen Brief bringen lassen und mich gebeten, ich soll doch nachkommen, damit er nicht ganz allein sei! Monatelang hab ich nicht gewusst, was ich tun sollte – ich war damals 17 Jahre alt! Aber ich wollte den Leuten zeigen, dass ich hierhergehöre – und so bin ich geblieben und hab den Vater allein gelassen. Das war die schwerste Stunde meines Lebens!«

Da hielt er inne. Während des Erzählens hatte er vor sich hingestarrt, es war wie ein Selbstgespräch. Nun aber wandte er den Kopf.

Befangen schauten sie sich an. Sie schloss die Augen, und plötzlich wurde ihr bewusst, dass ihre blonden Haare lose herabhingen. Verschämt richtete sie sie und band das Kopftuch um.

»Du tatest mir alleweil leid, Hermann! Gleich beim ersten Tag und beim ersten Blick – damals am Palmsonntag – ich hab diese Begegnung nie vergessen können«, gestand sie.

»Nie, Maria?«

»Nein, Hermann, nie! Und was ich dir heuer gesagt hab, im Schneesturm am Palmsonntag, es bleibt dabei – ich mag nimmer leben ohne dich!«

Er sprang auf.

»Maria, im Herbst, nach der Almabfahrt, gehen wir beide zum Vater und bitten um seinen Segen!«

Da schüttelte die Maria den Kopf. »Der Vater! Ich hab ihn ganz vergessen! Er will kommen und mich abholen, einen kleinen Schlitten wollt er von drunten holen. In aller Früh, hat er gesagt, ist er bei mir. Du musst gehen, Hermann! Ich bitte dich, geh! Wenn er dich hier bei mir sieht, dann denkt er, wir haben das ausgemacht und das mit meinem Fuß wäre gar nicht wahr!«

Der Schäfer wollte trotzen, aber sie fuhr fort:

»Um Himmels willen bitt ich dich, Hermann, geh gleich! Und geh auf einem anderen Weg ins Tal!«

Er ergriff ihre Hand, die sie beschwörend vorgestreckt hatte, und presste sie so ungestüm, dass sich ihr Gesicht schmerzhaft verzog, fast hätte sie aufgeschrien.

Rasch verließ er den Stadel, fügte die Lukenbretter wieder ein, wie sie vorher gewesen waren, und ergriff den Hirtenstab.

»Behüt dich Gott, Maria!«, rief er noch.

Dann stieg er mit großen Schritten wieder ein Stück zur Wand hinauf, um einen anderen Pfad zu nehmen, der ihn nach Hintertux hinunterführen sollte.

Als er aus dem Stadel getreten war und die Bretter einfügte, war auf dem Heuzieherweg der Hohenhauser dahergekommen. Er erkannte den

Schäfer und trat schnell hinter einen Felsen. Erst war sein Gesicht erblasst, nun wurde es dunkel vor Zorn, die Adern an den Schläfen schwollen ihm an.

»Wart nur, Bursche! Wart nur!«, murmelte er grimmig.

Er war noch zu weit entfernt, um den Schäfer stellen zu können. Als dieser nun in den Schrofen verschwand, setzte er seinen Weg fort.

22

Zwei Tage vor dem kleinen Frauentag schlug das Wetter plötzlich um. In der Früh leuchtete noch der blaue Himmel über den Bergen, nur einige Wolkenstreifen hoben sich scharf ab und waren leicht gerötet.

Der Tuxer Schäfer wollte noch den letzten Schober des Bergheus zumachen, da er am Abend vorher mit der Arbeit nicht fertiggeworden war. Wie immer ließ er die Tiere zur Weide über der Wand hinaufgehen. Er selbst stieg dann in das Bergmahd unter der Gschietzwand ein.

Schon um die Mittagszeit war er mit seiner Arbeit fertig und war zufrieden. Wieder hatte er einen schönen Heuschober für den Winter aufgestellt.

Aber er war in seine Arbeit so vertieft gewesen, dass er den plötzlichen Wettersturz gar nicht bemerkt hatte. Mit einem grauen Wolkenschleier war der Himmel düster überzogen. Aus den Wolken qualmten die Nebel. Der Wind frischte auf und fuhr mit wilden Stößen auf die Felsen und Grate. Die Berge waren plötzlich feindselig verändert – und schon trieben erste Schneeflocken.

Es schneite und schneite. Aus dem spielenden Flockenwirbel wurde ein Schneetreiben, und aus dem Treiben ein Schneesturm.

Gab das eine Aufregung in Hintertux! Von allen Höfen stürmten Hirten und Knechte mit ihren Bauern in die Höhe, um da oder dort gefährdetes Großvieh oder Schafe in Sicherheit zu bringen.

Der Schäfer war gleich auf die Wand hinaufgesprungen, er hatte sich nicht einmal Zeit genommen, seinen Mantel zu holen. Wenn auch alle Sicht genommen war, schien es ihm doch, als wären die Schafe alle beisammen. Sie standen auf der Höhe der Wand und begrüßten den Hirten mit Blöken. Das Wetter wollte ihnen nicht behagen.

In aller Eile, mit Händeklatschen und Rufen trieb der Schäfer die Tiere hinunter zum Sietz, wo sie vor Lawinen sicher waren. Dort mussten sie eben eine Nacht aushalten. Morgen würde man sie schon ins Tal treiben.

Es kostete große Mühe, die Tiere beisammenzuhalten. Merkwürdig, wenn Schnee fiel, stiegen die Schafe immer höher und blieben dann auf dem höchsten Punkt, wo sie sich niederlegten und ruhig einschneien ließen.

Fürchterlich brauste der Schneesturm. Immer wieder umschritt der Schäfer die Herde. Im Nebel- und Schneetreiben waren nur die nächsten Tiere zu erkennen.

Aber da erschrak er: Der große Kampfwidder des Hohenhauser war nicht dabei. Erregt stapfte er durch das Schneetreiben. Er suchte und suchte. Aber der Kampfwidder fehlte – und noch etwa dreißig Schafe mit ihm!

Die Schafe beschnupperten sich und blökten. Manche hatten sich schon niedergelegt und schüttelten den Schnee nicht einmal ab. Gut, dass sie alle in bester Wolle standen, sodass die Kälte ihnen noch nichts antun konnte!

Wenn doch nur endlich Hilfe aus dem Tal käme! Aber noch zeigte sich niemand. Da waren wohl alle Mann eingesetzt, um das Großvieh in Sicherheit zu bringen.

Der Schäfer ließ die Schafe beim Sietz und stürmte zum Wandgrat hinauf. Laut tönte sein Lockruf: »Hois! Hois! Hula! Lock! Lock!«

Aber der Sturm war stärker als seine Stimme.

In wenigen Stunden war es tiefwinterlich, und keine einzige Spur fand sich im Schnee.

Der Schäfer überschritt den ganzen Wandgrat, aber dann senkte sich die Nacht. Er musste hinuntergehen zum Sietz, um die Schafe in der Nacht beisammenzuhalten.

Dort warteten zwei Knechte auf den Schäfer.

»Hei, Tuxer Schäfer, das ist ein Schneesturm wie mitten im Winter!«

Aber der Tuxer Schäfer zeigte sich wenig zum Reden aufgelegt. Wie im Selbstgespräch gestand er:

»Der Hohenhauser Widder fehlt und noch etwa dreißig Stück!«

Es blieb still. Beide gaben ihm keine Antwort, denn sie wussten, was das bedeutete! Wenn der Hohenhauser morgen erfuhr, dass sein Widder fehlte – es war nicht auszudenken!

Die Knechte blieben in der Hütte. Der Tuxer Schäfer hielt allein Wacht bei der Herde. Er ließ sich von seinen Besuchern nicht ein einziges Mal ablösen. Unermüdlich stapfte er durch den schon knietiefen Schnee. Das Blöken der Schafe hatte fast aufgehört. Geduldig ließen sie sich vom weichen Schnee überdecken. Gelegentlich aber stieß der Hirt an den warmen Körper eines wolligen Tieres. Dann bückte er sich und sprach mit ihm und fuhr ihm mit der Hand durch die zottige Wolle. Nein, erfrieren würden sie nicht!

Aber immer wieder musste er an den Kampfwidder vom Hohenhauser denken. Wann hatte er den zum letzten Mal gesehen?, grübelte er. Ja – noch heute in der Früh war es! Er musste sich mit den anderen noch fehlenden Tieren von der Herde getrennt haben. Sicher waren sie, wie es Schafe tun, bei dem Schneesturm dann bergwärts gegangen, bis sie nicht mehr weiterkonnten.

Helle Angst stieg in ihm auf – vielleicht waren alle dreißig von einer Seitenlahne in die Tiefe gerissen worden?

Immer dunkler wurde diese unheilvolle Nacht.

Noch vor dem Tagwerden weckte er die beiden Knechte, die mit ihren noch nassen Gewändern im Heu lagen. Zur gleichen Zeit tauchte eine hohe Gestalt wie ein Schatten aus der Dämmerung auf. Ihm folgten noch drei weitere.

»Tuxer Schäfer!«

Das war die Stimme des Hohenhausers! Ehe der Schäfer antworten konnte, war der Bauer mit ein paar langen Schritten bei ihm, sagte kein Wort zum Gruß, sondern herrschte ihn an: »Sind alle Schaf beinand? Wir müssen gleich zur Schneeflucht in die Tuxaue!«

Sind alle Schafe beinand? Darauf musste der Tuxer Schäfer nun antworten. Wie hatte er diese Frage gefürchtet!

Er nahm seinen Bergstock in die Faust und trat vor den Alpherrn: »Hohenhauser«, sagte er bedrückt, »gestern hab ich im Nebel bemerkt, dass noch etwa dreißig Schafe fehlen! Ich bin noch bis in die Nacht fast auf das Gamskar, aber –«

Hart unterbrach ihn der Hohenhauser, ja er schrie ihn an: »Und das traust du dich zu sagen!«

Der Schäfer suchte sich zu verteidigen: »Es ist plötzlich alles ein Nebel geworden! Keine Hand hat man vor den Augen gesehen! Ich bin allein gewesen und bin den ganzen Tag und die Nacht gesprungen, Hohenhauser!«

Eine Zeit lang war eine gedrückte Stille. Endlich fragte der Alpherr: »Und von wem sind die

Schafe?« Lauernd und etwas vorgebeugt schaute der Alpherr den Schäfer an und fügte drohend hinzu: »Hoffentlich sind sie von Hintertux und nicht vom Außertal!« Dann packte ihn der Zorn und er schrie auf: »Seit Menschengedenken ist es noch nie vorgekommen! Aber mit dir haben wir uns eine schöne Laus in den Pelz gezügelt!«

Einmal musste es gesagt werden. Wohl zögerte er noch, der Schäfer, aber dann kam ihm der Alpherr wieder zuvor und fragte: »Und ist mein Widder auch dabei?«

Wie lange diese Frage nachklang! Es war etwas heller geworden. Wie mit einer weichen Hand warf der Wind die Schneeflocken in die Gesichter. Einige Schafe begannen zu blöken und schüttelten sich den Schnee von der Wolle.

Der Schäfer nickte. Man hörte seine Worte kaum: »Ja, er ist auch dabei!«

Die Spannung war fast untragbar. Der Hohenhauser ließ sich ganz vom Zorn hinreißen. In Anwesenheit der anderen Männer wies er den Schäfer zurecht:

»Hab ich dir nicht schon im Sommer gesagt – du bist das letzte Mal Schäfer gewesen! Er hat uns kein Glück gebracht, Leute«, wandte er sich an die anderen.

Und der Schäfer musste schweigen, er konnte kein Wort zu seiner Entschuldigung vorbringen. Er musste alle Vorwürfe ruhig über sich ergehen lassen.

Einer der Bauern wollte den Hohenhauser beruhigen, denn sie hatten den Tuxer Schäfer eigentlich alle recht gern. Sie ahnten nur, dass es zwischen dem Hohenhauser und dem Schäfer etwas gegeben hatte. Und da das Bergdörflein nur aus acht Höfen bestand, konnte kein noch so kleines Geheimnis auf die Dauer verborgen bleiben. Darum tat er ihnen Leid, denn er konnte bei dem plötzlichen Wettereinbruch wirklich keine Schuld haben! Der Nebel machte die Sicht auf den weiten Geländen unmöglich.

Jetzt wandte sich der Hohenhauser zu den anderen und befahl:

»Drei Mann treiben mit mir ab! Schneeflucht bis zur Tuxaue! Und die andern gehn meinen Widder suchen!« Er hielt inne und schrie den Schäfer nochmals an: »Und wenn du ihn nicht heimbringst, dann –« Der Hohenhauser kannte keine Gnade und kein Erbarmen. Hart und eisern hielt er ihm vor: »Man weiß ja, du hast ganz andere Sachen im Kopf!«

Der Hesser-Jörgl hatte Erbarmen mit dem Schäfer. Beschwichtigend meinte er: »Wir hätten gleich beim Zuschneien heraufgehen sollen – aber wir waren auf der Galtalm. Es ist halt ein Unglück, Hohenhauser!«

Eine neue Drohung folgte; in der Stimme des großen Mannes klang deutlich Hohn und Spott auf: »Und wenn du sie nicht findest, dann kannst du den Verlust aus deiner eigenen Tasche zahlen!«

Entschlossen wandte sich der Schäfer zu den Männern: »Gut, ich geh noch mal bis zum Gamskarsattel und steig bis in die hintere Wand – zwei sollen mit mir gehn! Noch ist es nicht zu spät, denn zwei oder drei Tage halten sie es schon aus – ich hab nur Angst, dass sie unter eine Lahne gekommen sind, denn über die Seite ist es schrecklich lahngefährlich! Und auch die Toten Böden müssen wir absuchen!«

Der Schäfer nahm seinen Bergstock und den Salzsack, dann ging er in die Steinhütte und zog sich in aller Ruhe die Steigeisen an. Wenn er in die hintere Wand einsteigen wollte, musste er beim heutigen Wetter scharfe Steigeisen haben. Die Eisen klirrten, als er auf das Steinpflaster hinaustrat. Von der Wand her dröhnte das Donnern einer Lawine.

Ein Hirt flüsterte dem Hesser zu: »Er ist zu allem fähig!«

Der Jörgl mahnte den Schäfer: »Aber dein Leben darfst du nicht aufs Spiel setzen, Tuxer Schäfer!«

Und doch, und doch! Es galt als größte Schande, wenn ein Vieh durch Schuld des Hirten abstürzte. Und eine gewisse Schuld hatte er, weil er das letzte Heu einbringen wollte. Wie ihn Schuld und Schande bedrückten! Er sprach kein Wort mehr. Sein Gesicht war von der Anstrengung noch gezeichnet, aber auch von einer solchen Entschlossenheit, die das Letzte wagen wollte.

»In Gott's Namen!« Der Hohenhauser hatte den Segensspruch gesprochen, der bei den Bauern üblich war, wenn eine gefährliche Arbeit begonnen wurde.

23

Der Schäfer stapfte weg von der Hütte. Es klirrten die Steigeisen, wenn er an einen Stein stieß. Er musste vorsichtig sein, dass er nicht ein eingeschneites Schaf verletzte. Dann begann er mit hallender Stimme zu rufen und zu locken: »Hois! Hois! Hula! Hois! Hois! Hula!«

Wieder fauchte der Schneesturm ihm wild ins Gesicht. Wirbelnd flogen die Flocken durcheinander. Und als Antwort auf den Hirtenruf rührten sich die halb eingeschneiten Hügelchen, ein Blöken ertönte, dann wieder und wieder und immer mehr und immer lauter.

Das Blöken der Schafe übertönte fast das Heulen des Sturmes. Nun krochen sogar kleine Lämmlein aus dem Schnee. Der Schäfer kannte alle Schafe, und er wusste, welche Mutterschafe ein Lämmlein geworfen hatten.

Er gab nicht auf, bis er endlich alle Tiere aufgestöbert hatte. Einige kratzten mit den Hufen den Schnee weg und suchten die Grasbüschel darunter.

Einer der Hirten war vorgegangen. In den Armen trug er ein Lamm. Auch der Hohenhauser hielt unter seinem weiten dunklen Sturmmantel ein zappeliges Lämmlein. Über Stulfegge wäre es zu steil für sie. Auch Schneebretter könnten die kleinen Tiere mitreißen. Trotz des kalten Wetters hatten sie die Nacht gut überstanden.

Der große Zug in das Tal begann. Sobald einmal Bewegung hineingekommen war, ließen sich die Tiere nicht mehr halten. Ein Knecht musste springen, um nicht überrannt zu werden. Laut hallte das Rufen durch die Berge. Der Hohenhauser stapfte als Letzter der Herde nach.

»Dreißig Schaflen fehlen«, murrte er.

Dann dachte er an seine Tochter. Nun, Tuxer Schäfer, ich werd dir schon helfen! Gut, dass ich dich damals im Stadel gesehen hab. Du sollst das letzte Mal Hohenhauser Brot essen!

Der Tuxer Schäfer und die zwei Hirten schauten dem Abzug der Schafe nach. Dann gab er die Anweisungen:

»Wir gehen über den Wandgrat. Bei der Hinteren Wand werd ich einsteigen. Dann suchen wir den Gamskarsattel ab, und ihr zwei geht bis zu den Toten Böden. Und dann treffen wir uns wieder!«

Das Schneien ließ nach, der Wind beruhigte sich, aber der Nebel wurde dichter. Nur die genaueste Ortskenntnis und Bergsicherheit ermöglichten den Durchgang durch einen Felsabbruch hinauf zum Wetterkreuz und zur Einsperre.

Auf diesem einsamen Gang durch die verschneiten Nebelberge sprach der Tuxer Schäfer kaum mehr ein Wort. Finstere Gedanken verdüsterten sein sonst so frohes und gutmütiges Wesen. Klar kam es ihm zur Erkenntnis: Es ging nicht mehr allein um seine Ehre als Hirt, nicht um die verlorenen Schafe und den Kampfwidder des Hohenhausers, es ging um sein Glück! Wenn er die Schafe nicht fand, dann würde der Hohenhauser ihn erst recht von seinem Hof weisen.

Sie kämpften sich durch den Schnee hinauf bis fast zum Gschietzspitz. Dort stieg der Schäfer allein über die Steilhänge auf das Weitental zu. Es wär möglich, sagte er den andern zwei, und er müsse nachschauen! Wohl riet ihm der Jörgl ab, er könne und dürfe diesen Gang nicht allein wagen, aber der Tuxer Schäfer ließ sich nicht abhalten.

Mit dem Stock in der Hand, die Steigeisen an den Füßen, querte er durch die Wand. Wie oft war er schon diesen Weg gegangen! Er hatte die kleinen Schafsteige genau in der Erinnerung und fand mit der Sicherheit der Bergmenschen die richtige Spur. Nun durchquerte er einen Steilhang mit größter Vorsicht. Hinter diesem Steilhang war eine kleine Mulde, wo der Kampfwidder im Sommer gern geweidet hatte.

Nun hallte die Stimme des Schäfers. Ruhig waren die Berge geworden. Der Wind hatte fast ganz aufgehört. Urweltlich kam der Widerhall aus den Wänden der Hornspitzen zurück: »Hois! Hois! Hula!«

Und immer schrie der Schäfer den Lockruf. Er wusste, wenn die Schafe seine Stimme hörten, dann würden sie antworten und durch Schnee und Nebel auf ihn zuspringen.

»Hois! Hois! Hula!«

Gespannt horchte der Schäfer auf Antwort. Aber es folgte nur das Echo aus der Hörnerwand – und es klang wie ein Spott. Von den Schafen keine Spur!

Müde und fast verzweifelt kehrte er um und wagte ein zweites Mal den gefährlichen Durchgang. Fest krallten sich seine Steigeisen in den überschneiten Steilhang. So bedrückt fühlte er sich und so einsam und verzweifelt, dass er keine Angst mehr empfand, wenn sich eine Lawine lösen sollte. Dann würde es ihn in einem Sturz bis in das Weitental reißen – und alles, alles wäre vorbei.

Aber da tauchte aus dem schwarzgrauen Nebel ein Gesicht auf – oder war es nur eine Eingebung aus Angst und Fieber und Überanstrengung? Aber nein – dort im Nebel, er hatte es deutlich gesehen – und eine Hand winkte ihm: »Komm, komm!« Nun war alles wieder aufgerissen – seine Unsicherheit, sein Leid, seine Angst und seine Liebe! Er hatte sie doch deutlich gesehen. Laut schrie er in die Nebelwand hinein:

»Maria! Maria!«

Und diese Erscheinung trieb ihn dazu an, wieder den Grat hochzujagen. Diesmal folgte er den Spuren der anderen zwei Hirten. Nun brauchte er die Steigeisen nicht mehr. Er riss sie von den Füßen und ließ sie an der gleichen Stelle liegen. Vor dem Gamskarsattel tauchten zwei Gestalten aus dem Nebel. Wie Gespenster wirkten die Erscheinungen. Da sank dem Tuxer Schäfer die letzte Hoffnung. Er wagte nicht einmal eine Frage.

Der Jörgl sagte: »Wir haben die Toten Böden abgesucht – alles voll Nebel – wir haben geschrien. Aber es ist alles still ...«

Nun stapften sie stundenlang die Mulden und Höhen um den Gamskarsattel ab. Gespenstig hallten ihre Rufe. Unermüdlich durchfurchten sie den Neuschnee.

Aber um die Mittagszeit sagte der Jörgl, und es zitterte Mitleid in seiner Stimme: »Tuxer Schäfer, wir müssen zu Tal gehen! Schau, wenn die Sonne wiederkommt, finden wir die Schafe!«

Da war es um den Tuxer Schäfer geschehen. Am liebsten hätte er geweint und geschrien. Aber auf einmal war er im Nebelwallen verschwunden. Er konnte es bei den Menschen nicht mehr aushalten. Und wieder erschien ihm das liebliche Gesicht – und es lächelte ihn an, und es winkte die Gestalt aus dem düsteren Nebelwallen. Wie von ferne hörte er die Stimmen der beiden Männer, die ihm nachgehen wollten, aber was kümmerte ihn das! Die Erscheinung war viel mächtiger, und die Stimme war viel lauter: Tuxer Schäfer! Du darfst nicht nachgeben! Du musst suchen, bis du den Widder gefunden hast!

Er starrte unschlüssig in das Nebeltreiben. Die Welt verschwamm in ein Nichts. Aber dann überkam ihn ein Gedanke und er wurde zum Gelöbnis: Ich werd eine Wallfahrt zum Kirchlein St. Maria ob der Brennerstraße machen!

Und laut wiederholte er sein Gelöbnis: »Ja, ich werd eine Wallfahrt nach St. Maria ob der Brennerstraße machen, ob ich die Schafe find oder nicht!«

Und eben jetzt erhob sich ein Windstoß, der die Nebelfetzen hin und her riss. Unmerklich wurde es etwas heller.

Dem Tuxer Schäfer schien es, als führte ihn eine unsichtbare Hand wieder zurück zu den Toten Böden, die von den beiden anderen schon abgesucht waren. Deren Spuren hatte er schon lange nicht mehr beachtet, aber mit der Sicherheit des Bergmenschen fand er seinen Weg. Und je näher er zu den Toten Böden kam, umso heller wurde die Nebelwand. Auf dem ganzen Weg über wiederholte er stets von Neuem sein Gelöbnis zur heiligen Maria.

Bei den Toten Böden, einer großen Weidefläche mit Mulden und Hügeln, schon nahe dem Junssee, hielt er inne. Er sah, wie die Nebelfetzen wieder auseinandergerissen wurden. Er hielt die

Hände vor den Mund und schrie seinen Lockruf:

»Hois! Hois! Hula!«

Dann schritt er wie betäubt über die verschneiten Almböden. Nun wandelten sich die Nebel in tiefhängende Wolken. Sie schwebten über die Jöcher. Und nochmals überstieg der Berghirte eine Kuppe. Auf der anderen Seite fiel die Kuppe leicht ab und bildete eine windgeschützte Mulde.

Auf der Höhe hallte wiederum der Ruf des Schäfers: »Hois! Hois! Hula!«

Eine tiefe Schafstimme antwortete. Und da – in der Schneemulde bewegte sich etwas. Ein zweiter Schrei und ein dritter folgte. Wieder bewegten sich kleine Schneehaufen – und, o Wunder! – ein Schaf nach dem anderen hob sich aus der Mulde. Seiner selbst vor Freude kaum mehr mächtig, lief der Schäfer in die Mulde hinunter, schrie und schrie, schwang den Salzsack – und dann begrüßte er den Hohenhauser Widder, indem er ihn an den runden mächtigen Hörnern fasste, ihm das Fell schüttelte und ihm gleich eine Handvoll Salz in den Mund steckte.

»Hohenhauser Widderle, ja, wo bist du denn gewesen? Dass du nur wieder da bist!«

Das mächtige Tier schüttelte sich den letzten Schnee vom Fell – und wieder umdrängten die Schafe ihren Hirten, der sie aus größter Gefahr gerettet hatte.

Die Anwesenheit des Hirten allein genügte, um die Lebenskraft der Tiere sofort zu stärken. Sie waren noch nicht geschwächt, aber verängstigt.

Jetzt wurde dem Schäfer auch klar, warum die andern zwei Hirten den Weg umsonst gegangen waren. Er sah keine Spuren. Sie hätten also die letzte Kuppe nicht erstiegen. Der Nebel war vorher so dicht und dunkel, dass sie vielleicht sogar die Richtung verloren hatten. Die Schafe aber lagen eingeschneit ...

Nun zählte er voll Freude seine gefundenen Tiere. Ein Schaf zappelte noch am Boden. Es lag etwas in einer Wasserlache und war mit der langen Wolle teilweise angefroren. Mit dem Bergstock brach er die dünne Eisdecke auf. Nun sprang das Schaf hoch und blökte vor Freude. Und da zappelte es wieder neben einem Mutterschaf. Zwei kleine Lämmlein schrien mit hellen Stimmen. Das Mutterschaf suchte die Jungen auf, und es gab nach diesem Schlaf unter dem Schnee ein frohes Wiedersehen. Noch ein Mutterschaf suchte klagend nach ihrem Jungen. Mit dem Kopf stöberte es durch den Schnee. Da musste der Hirte mithelfen. Das kleine wollige Tierlein rührte sich nicht mehr.

Nun säuberte er einen Felsblock vom Schnee und streute Salz, gemischt mit Kleie, auf. Bald hatten sich die Schafe erholt.

Nochmals schrie der Schäfer in die Berge: »Hois! Hois! Hula!«

Er hatte die Schafe gefunden! Und der Hohenhauser Kampfwidder war auch dabei! Nun nahm er die zwei wolligen Lämmlein hoch, eines steckte er in den Salzsack, das zweite packte er unter den Arm. Jetzt konnte er absteigen. Weil es etwas kälter geworden war, brauchte er auch über den Steilhang der Wand keine Angst vor der Lawine zu haben.

»Hois! Hois! Hula! Hois! Hois! Hula!«

War es vor Kurzem noch der Ruf der Angst, jetzt ein Ruf der Freude. Und so wanderte er über die Toten Böden zurück zum Grat und dort schnell hinunter zur Schäferhütte.

24

Am Abend bot der waldumschlossene, gerade noch schneefreie Talboden von Tuxaue ein liebliches Bild. Da weideten die sechshundert Schafe auf den Waldwiesen. Sie hatten es geschäftig, denn sie mussten den Hunger von drei Schneetagen stillen. Das Blöken der Tiere hallte im engen Bergtal wider. Lämmlein sprangen und hüpften vor Lebensfreude. Immer wieder suchten sie die Mutterschafe auf und stillten ihren Durst.

Am Rande der Tuxaue, nahe dem steinigen Weg, hatten sich viele Bauern eingefunden, und fast alle Buben von Hintertux standen gewichtig dabei – heute sprach alles nur von den Schafen. Die Buben liefen dann hinein und suchten die eigenen Schafe zu finden.

Aber bei den Männern kam keine Freude auf. Einige Bauern vom Außertal wollten ihre Schafe morgen schon abholen. Die Hintertuxer aber sagten, noch hätte es zwei Wochen Zeit, die Weide wäre gut, und in zwei Tagen könnte man schon wieder auffahren.

Verschlossen lehnte sich der Hohenhauser an den Zaun. Nun heischte er die Männer an: »Aber ohne den Tuxer Schäfer!« Mehr sagte er nicht.

Die Männer zuckten verlegen die Schultern und schauten sich fragend an. Innerlich tat ihnen der Tuxer Schäfer leid, aber jetzt war der Hohenhauser im Recht, und sie konnten ihm kaum widersprechen.

Nur einer wagte einen Einwand: »Es ist alles zu schnell gangen! In einer halben Stunde nicht einmal ist der Schneesturm da gewesen!«

Der Hohenhauser wandte sich heftig ab, ohne zu antworten – aber da geschah etwas Seltsames: Aus dem schütteren Wald jenseits der Tuxaue klang ein Glöcklein. Einer der Buben schaute neugierig in diese Richtung, die anderen hatten es gar nicht beachtet. Und wieder, schon etwas näher, klang das Glöcklein.

Da sprang der Bub vom Zaun, wo er gesessen hatte, und schrie mit heller Stimme: »Die Schafe! Die Schafe!«

Nun klangen mehrere Glöcklein mit, ein Blöken wurde laut – und schon kamen die Grauschafe aus dem Wald heraus, sie hüpften über den Weg und mitten in die grüne Tuxaue hinein, der Hohenhauser Widder als Erster!

Auf der Wiese gab es dann eine großartige Begrüßung. Die Schafe liefen zusammen und ein sechshundertfaches Geblöke hallte zwischen den Bergwänden. Im Augenblick hatten sich die Gesichter erhellt.

»Er ist da! Wir hatten schon befürchtet, er sei unter die Lahne kommen.«

Und laut schrie der Jörgl: »Tuxer Schäfer!« Dann lief er ihm voll Freude entgegen.

Ja, es war der Tuxer Schäfer! Trotz der Anstrengungen einer Nacht und zweier Tage stapfte er fest und sicher einher, den Hirtenstock in der Faust, Salzsack und Mantel über die Schulter geworfen. Nun schritt er grade aufgerichtet auf den Alpherm zu und streckte die Hand vor:

»Du musst mir verzeihen, Alpherr! Die Schafe sind hinter den Toten Böden im Schnee gelegen. Nur ein Lamm ist erfroren!«

Es blieb lange Zeit still. Bauern und Buben schauten bewundernd auf den Schäfer, denn man hatte ihnen erzählt, wie er sich sogar auf die Wand gewagt hatte, obwohl die Lahnen gefallen seien.

Der Hohenhauser hatte sich nicht umgewandt, er reichte auch nicht die Hand zum Gruß – denn in diesem Augenblick erinnerte er sich wieder an das Bild wie er den Schäfer den Heustadel hatte verlassen sehen. Nein, nein, bäumte sich alles in ihm auf, und er verharrte im Schweigen.

Dann wies er zornig die Buben und Knechte zurecht und sagte, sie sollten heimgehen. Mit den Bauern blieb er unter einer schwarzen breitästigen Wetterfichte stehen.

Ohne aufzuschauen, sagte der Hohenhauser, der heute mit dem wallenden Wettermantel noch größer und mächtiger ausschaute: »Schäfer, es ist dein Glück gewesen, dass du die Schaflen noch gefunden hast! Es ist dein Glück gewesen – aber heut sag ich noch einmal, dass wir nächstes Jahr einen eigenen Schäfer aus Hintertux haben!«

Es blieb ruhig. Fast verlegen schauten die anderen Bauern auf den Schäfer, der ihnen ehrlich Leid tat. Sie hatten ihn alle gern, und seit heute bewunderten sie ihn.

Der Hesser wagte einen Einwand: »Hohenhauser, es ist doch alles gut gegangen, und wenn er bleiben will – für uns wär's nur ein Nutzen!«

Der Alpherr schüttelte den Kopf.

Ein zweiter Bauer widersprach: »Aber die Hintertuxer wollen alle den Schäfer behalten. Was er heut geleistet hat, macht ihm niemand nach.«

Wieder schüttelte der Hohenhauser starr und ablehnend den Kopf. Endlich schaute er auf und trat einen Schritt näher: »So sollt ihr's wissen. Ich hab mir's überlegt und schon vor fünf Jahren hat's mich gereut! Er ist der Sohn vom alten Profer! Der hat nur Unglück übers Tal gebracht, er ist ausgewandert, und der Bub ist hintangeblieben. Vor uns steht er, der Schäfer!«

Da hatte er das Geheimnis gelüftet. Er vertraute auf die Frömmigkeit der Bauern und dachte, nun würden sie ihm alle zustimmen.

Aber wieder wandte der Hesser ein: »Wir sollten doch die alten Geschichten vergessen und nimmer weitertragen!«

Aber der Hohenhauser widersprach ihm mit aller Heftigkeit und schrie heraus: »Wir wollen keine Protestanten haben!« Damit hatte er sich umgewandt und fragte dabei: »Sehen wir uns die Schafe an, ob sie gut und leibig sind?«

Schon ging er festen Schrittes mitten in die Tuxaue hinein, von den anderen gefolgt. Traurig kam ihnen als Letzter der Schäfer nach.

Da lag vor ihnen ein zottiges Mutterschaf, daneben zwei graue schleimige Knäuel. Ein helles zartes Schreien, fast gleich einem Winseln, ertönte. Die Männer blieben stehen. Hilflos streckten die Lämmlein die langen Beine zur Seite und versuchten, sich aufzurichten.

Unauffällig war der Hohenhauser dem herankommenden Schäfer ein paar Schritte entgegengekommen, während die anderen nach den Lämmern schauten.

Nun stand er ihm gegenüber. Sein Gesicht verzerrte sich fast: »Du musst gehen, Schäfer! Ich jag dich davon! Es ist nicht wegen der Protestanten! Aber du bist ein Baum, der gefallen ist – ein solcher Baum steht nimmer auf – und die Maria hättest du auch wollen mitreißen!«

Der Tuxer Schäfer verstand den Zusammenhang nicht, und auch den Vergleich mit dem gefallenen Baum konnte er sich nicht erklären.

Mit lauter Stimme suchte er sich zu verteidigen: »Hohenhauser! Ich bin kein gefallener Baum – und ich möcht hierbleiben! Mein Vater hat mir einen Brief geschrieben, als ich 17 Jahre alt gewesen bin. Da sind zwei Zillertaler zurückkommen, und er hat mich in dem Brief gebeten, ich soll nachkommen nach Preußen, damit er nicht allein wär! Aber ich bin nicht nachgangen! Ich bin im Zillertal geblieben und hab den Vater allein lassen! Ja, Hohenhauser, den Vorwurf verdien ich nicht!«

Der Hohenhauser fühlte die Anklage – aber wieder erschien ihm das Bild des Stadels auf dem Wassermahd, und wie der Tuxer Schäfer heimlich, wie ein Schelm, davonschlich. So sollte er wissen, dass er beobachtet worden war! Ja, nur darum musste er aus dem Tal!

»Bei uns in Hintertux sind die Leut nicht hinter den Stauden aufgewachsen! Ich hab doch damals beim Stadel auf dem Wassermahd gesehen – es war fast noch Nacht, und du bist über den Schafsteig davongeschlichen wie ein –«, er vollendete den Satz nicht, sondern spuckte ihm vor die Füße. Und nun überschlug sich fast seine Stimme: »Glaubst du, dass du damit die Schand wegwischen kannst wie einen Misthaufen im Frühling? Ein umgefallener Baum steht nimmer auf! Der bleibt liegen und verfault oder wird verbrannt!«

Jäh wandte er sich ab und ging mit großen Schritten davon.

Schlagartig war dem Schäfer klar geworden, worauf der Hohenhauser anspielte. Zuerst blieb er sprachlos stehen, ganz überkommen vom Erlebnis dieser Anklage. Er spürte es nicht, wie die Schafe ihn umdrängten, wie sie ihm den Salzsack von den Schultern rissen. Dann aber kam er zur Besinnung. Er riss sich vom Knäuel der Schafe los, ja er übersprang sogar einige Tiere und hetzte dem Hohenhauser nach. Der aber stand bereits wieder bei den Bauern. Sie sprachen wieder über das Auffahren.

Dann sagte der Hesser: »Es wird am besten sein, wir bleiben zwei Tag auf der Tuxaue, und dann treiben wir noch zehn Tage auf.«

Und ein anderer fügte hinzu: »Es wär schad um das schöne Gras!«

Der Hesser reichte dem Schäfer, der nun herantrat, die Hand: »Gut, Schäfer, dann bleibst du zwei Tag herunten in der Hütte von Tuxaue. Wir werden dir heut noch zum Essen schicken. Heu ist genug da zum Schlafen! Du wirst wohl müd sein!«

Damit verabschiedete er sich, und auch die andern reichten ihm die Hand. Der Hohenhauser hatte sich wortlos abgewandt und war schon fortgegangen.

An diesem Abend vergaß der Tuxer Schäfer die Schafe und das liebliche Bild auf der schönen Tuxaue …

25

Es wurde eine dunkle Nacht auf dem Hohenhauser-Hof. Wohl brannte das Herdfeuer, und in der Stube brannte das Öllämpchen länger als gewöhnlich – aber es war eine andere Dunkelheit, die das Herz bedrückte.

Spät in der Nacht erst kam der Vater zum Hof. Das tat er immer, wenn ihm etwas besonders Wichtiges am Herzen lag. An diesem Tag hatte es große Aufregung und dann wieder überraschende Freude gegeben.

Die Maria hatte es von den Hirten erfahren, dass der Tuxer Schäfer dreißig Schafe im Schnee verloren hatte. Dann hatten die Hesser Leute die viel schlimmere Nachricht gebracht, dass der Schäfer im Schneesturm plötzlich verschwunden sei. Niemand wusste, was mit ihm geschehen war.

Aber am späten Abend brachten Hirtenbuben die frohe Kunde: »Der Tuxer Schäfer ist wiedergekommen! Und alle Schafe hat er zur Tuxaue gebracht!«

War das ein Jubel im kleinen Bergdörflein! Die Maria konnte sich nicht mehr fassen. Sie schlich in ihre Kammer und weinte vor Glück und Freude.

Aber noch eine andere Botschaft war an diesem Tag gekommen. Die Magd vom Geißler-Hof hatte im Auftrag der Geißler-Familie gebeten, eine Tochter des Hohenhauser möge hinaufkommen und aushelfen. Ein Kind sei auf die Welt gekommen, und die Mutter sei krank. Die Hohenhausers waren mütterlicherseits mit den Geißlers verwandt.

Der Bauer kehrte eben am frühen Nachmittag von der Schafalm zurück. Diese Nachricht vom Geißler-Hof kam ihm gerade recht. Damit konnte er die Maria unauffällig vom Hof bringen! Gleich sagte er den Geißlers, die Maria werde morgen kommen. In der Früh möge man sie bei der Kirche abholen. Er müsse auch in das Tal hinaus, nach Mayrhofen …

Und es war spät in der Nacht, als der Hohenhauser nach dem Zusammentreffen mit dem Schäfer auf der Tuxaue heimkam. Er öffnete die Haustür. Das Feuer flackerte hoch auf. Er trat herein und hängte den schwarzen Wettermantel an ein Hirschgeweih an der Wand. Dann setzte er sich wortlos nieder und starrte in das Dunkel. Sein Gesicht war derart abweisend und verdüstert, dass die Maria eine geheime Angst empfand.

Sie fragte kaum hörbar: »Was hast du, Vater, ist nicht alles wieder gut gegangen? Der Schäfer hat ja die Schafe heimgebracht!«

Er gab keine Antwort, sondern starrte gleich wie vorher in das Dunkel. Dann aber sprach er wie mit sich selbst; ein großer Schmerz, ja fast ein Stöhnen zitterte in seiner Stimme:

»Maria! Das hättest du mir nicht antun dürfen!« Wie doch diese Worte drückten und bedrückten! Wie schwer und fast anklagend sie nachklangen: »Das hättest du mir nicht antun dürfen!«

Verlegen und unsicher machte die Maria ihre Arbeit am Herd. Sie rückte den Käsekessel näher und legte neues Holz auf das Feuer. Die Mutter war schon längst schlafen gegangen. Aber auch die Maria hätte schlafen gehen können – doch sie war mit Absicht so lange aufgeblieben, weil sie eben mit dem Vater reden musste! Aber jetzt verschlug es ihr jedes Wort.

Eine ungeheure Angst erfüllte ihr Herz, als der Vater abermals wie im Selbstgespräch murmelte: »Maria, das hättest du mir nicht antun dürfen!«

Sie bedeckte ihr Gesicht mit beiden Händen. Fieberhaft überlegte sie: Was meinte er damit? Aber das war es ja, worüber sie sprechen wollte – über den Tuxer Schäfer!

Da erhob sich der Vater, er ging einen Schritt näher und sagte befehlend:

»Du gehst also morgen in der Früh vor dem Tagwerden mit mir talaus und dann zum Geißler-Hof!«

Seine Worte klangen so hart und fest, dass kein Widerspruch möglich war. Da kannte die Maria ihren Vater zu gut. Eine Zeit lang rührte sie überlegend die Milch im Käsekessel. Dann fragte sie den Vater, ohne aufzuschauen: »Wie meinst du das, was ich dir angetan habe?« Ihre Stimme zitterte.

Er schwieg und blieb unbeweglich stehen. Sein Schatten hob sich groß und schwarz von der Wand ab, immer beweglich, je nachdem, ob das Feuer höher oder tiefer aufloderte. Aber er schwieg. Endlich wandte er sich um und ging ganz nahe zu seiner Tochter: »Da fragst du noch?«

Sie war über und über rot geworden. Der grelle Feuerschein ließ ihr Gesicht erglühen wie im Fieberbrand. Schwer klang die Frage nach: Das fragst du noch?

Endlich schaute sie auf und sagte: »Ja, Vater, ich muss fragen, weil ich nichts Unrechtes getan hab. Ich hab dir schon gesagt, dass ich mich dem Tuxer Schäfer versprochen habe, und ein gegebenes Wort muss man halten ... Das ist alles, was ich getan hab!« Wieder lastete das Schweigen schwer über Vater und Tochter. Sie konnte das Weinen kaum zurückhalten. Und doch war es besser, dass sie sich einmal aussprach.

Aber der Vater hielt die Hand vor und befahl in aller Strenge: »Das hättest du nie tun dürfen!«

Die Maria wunderte sich selbst, dass sie die Kraft aufbrachte, dem Vater zu widersprechen: »Vater, ich hab ihm mein Wort gegeben«, stammelte sie, »und ich kann es nimmer umstoßen. Heute hätte ich dich bitten wollen, deswegen bin ich so lang aufgeblieben, ja, heute hätt' ich dich bitten wollen: Gib uns den Segen! Und nach der Abfahrt von der Alm wär ich mit dem Hermann zu dir gegangen und hätte für uns beide deinen Segen erbeten! Drum lass mich auf dem Hof bleiben, kann ja die Emma auf den Geißler-Hof gehen!« Und sie hob die Hände und flehte verzweifelt: »Lass mich bleiben, Vater, dass ich mit dir und mit ihm reden kann!«

Die Angst umklammerte sie wie mit knöchernen Fingern. Sie hatte jetzt den Plan des Vaters durchschaut. Er wollte sie vom Hofe bringen, damit sie mit dem Schäfer nie mehr zusammenkommen könne! Und diese Vorstellung gab ihr die Kraft der Verzweiflung, sodass sie sogar den Widerstand gegen den Vater wagte.

»Vater, ich kann nicht mehr anders! Ich habe ihm das Wort gegeben! Vater, gib uns den Segen! Zum Kirchtag möchten wir heiraten! Schau, er ist ja ein guter Mensch, er kann nichts dafür, dass sein Vater ausgewandert ist, es ist ihm so schlecht gegangen –«, und weiter erzählte sie alles, was ihr in den Sinn kam. Dann schloss sie ihre flehenden Worte: »Er hat gesagt, ich wär der einzige Mensch, der gut zu ihm gewesen ist!«

So stand sie vor dem Vater, erregt, verängstigt, besorgt, unglücklich und doch tapfer und mutig.

Beim Wort »Heirat« hatte sich der Vater abgewandt. Das lange Schweigen war kaum mehr zu ertragen. Endlich fragte er – und seine Stimme klang kalt und verächtlich: »So, am Kirchtag wollt ihr heiraten? So schnell?« Lange hallte die Frage nach, dann aber kam eine furchtbare Anklage: »Der Tuxer Schäfer ist ein Mensch, der hinter den Stauden gelegen ist! Heut hab ich ihn deswegen davongejagt! Du sollst ihn nie mehr wiedersehen!«

Zuerst starrte die Maria auf irgendeinen Punkt der dunklen Rauchküche, dann begann sie zu zittern. Alles verschwamm vor ihren Augen. Sie beugte ihren Kopf auf den Randstein des Herdes und begann zu weinen, dass es ihren Körper schüttelte. Sie weinte so erschütternd, dass der Vater Angst empfand. Er hatte ja seine Tochter so gern, und eben deswegen hatte er dieses harte Wort sprechen müssen.

Nun ging er zu ihr hin und legte seine breite Hand auf ihre blonden Haare. So verharrte er eine Zeit lang und schwieg. Bald schien sie ruhiger geworden zu sein.

Nun klang seine Stimme gedämpft und besorgt, nicht zornig oder böse; mitleidvoll redete er auf sie ein: »Maria, es ist ja deinetwegen, dass ich das getan hab … nur deinetwegen –« Er fand nicht mehr das rechte tröstende Wort.

Sie hatte aufgehört zu weinen, verharrte aber immer noch in derselben Stellung, den Kopf auf ihre Arme geschmiegt. Ein paarmal strich seine raue Hand über ihre weichen Haare, dann fuhr er fort, so wie ein besorgter Vater zu seiner Tochter spricht:

»Ja, Maria, es ist nur deinetwegen ... ich wollte dir für später die Enttäuschung ersparen ... schau, er ist nichts für dich! Das tut ein Mann von Hintertux nicht, was er getan hat! Und deswegen hab ich ihn davongejagt!«

Nun schaute ihn seine Tochter fragend an, aber sie fragte nicht. Er verstand den Blick ihrer Augen und fuhr fort:

»Ja, das tut kein Hintertuxer, was er getan hat! Ich hab ihn selbst gesehen, wie er in aller Früh aus dem Stadel gestiegen ist! Ja, Maria! Das hat er getan! Kein Mann im Tuxertal würde dies wagen, noch niemals ist es vorgekommen, obwohl es oft zutrifft, dass eine Dirn allein in einem Stadel liegt! Und niemals ist es in Hintertux vorgekommen, dass es ein lediges Kind gegeben hat! Aber er hat sich bei dunkler Nacht in den Stadel eingeschlichen wie ein Schelm! Er wird wohl von einem Hirten oder Bergheuer zufällig erfahren haben, dass wir alle schon in das Tal gegangen waren. Nur du bist im Stadel geblieben! Und deswegen hat er sich hineingeschlichen! Und deswegen hab ich ihn davongejagt. Glaub mir, Maria«, und seine Stimme wurde wieder weicher, »es geschah nur deinetwegen! Der Tuxer Schäfer verdient dich nicht, glaub das deinem Vater!«

Seine Worte klangen besorgt und wirkten beruhigend. Er verharrte noch eine Weile in der gleichen Stellung und hielt seine Hand auf ihren weichen Haaren.

Die Maria hatte nun fast plötzlich aufgehört zu weinen. Langsam hob sie den Kopf, dann stand sie auf und sprach fast feierlich: »Und dennoch tust du ihm unrecht, Vater! Ich will dir erzählen, wie es wirklich war; du kannst mir glauben: Ich hab im Stadel gut und tief geschlafen. Dann bin ich aufgewacht, weil jemand gerufen hat: ›Hohenhauser!‹ Es ist grad beim Tagwerden gewesen. Dann hab ich mich im Heu aufgerichtet – und erst jetzt hab ich die Stimme erkannt. Es war der Schäfer. Er hat die Luken geöffnet und hat gefragt: ›Hohenhauser?‹ Dann hat er mich gesehen. Es war hell genug. Auf dem Olperer hat schon die Sonne angeschlagen!«

Wie in Erinnerung an diese Stunde hielt sie inne. Der Blick ihrer Augen war weich und noch glänzend von den versteckten Tränen. So standen sie sich gegenüber – Vater und Tochter.

Eine Zeit lang dauerte das Schweigen. Sie ergriff dann die breite Hand ihres Vaters. Er aber schüttelte den Kopf, als wollte er sagen: Das glaub ich nicht! Das glaub ich nicht!

Und wirklich widersprach er ihr: »Der hat halt zufällig von Bergheuern erfahren, dass du allein im Stadel bist! Darum hab ich gesagt – er ist hinter den Stauden gelegen! Solche Leut wollen wir nicht in Hintertux!«

Wieder war er der harte und unerbittliche Vater geworden, dem das Wohl und die Ehre seiner Tochter alles galt.

Dann wurde seine Stimme wieder weich und fast flehend: »Maria, ich bitt dich um das eine – denk etwas an mich! Schau, ich hab nur drei Töchter und keinen Sohn. Was das für mich bedeutet, kannst du nicht verstehen, deswegen hab ich ein Recht, auf dich zu schauen … Ich bitt dich daher, lass den Schäfer, lass ihn gehen, wohin er will – er ist nicht der rechte Mann für dich – und sein Vater hat so viel Unglück über das Tal gebracht!«

Sie schaute starr vor sich hin, dann aber schüttelte sie den Kopf. Er spürte, dass seine Worte abgeprallt waren wie von einem Fels. Sie war eben eine echte Hohenhauser Tochter – und noch dazu seine liebste Tochter!

Da umfasste er voll Ungestüm ihre Hand mit seinen beiden schweren Händen, halb war es eine Bitte, halb ein Befehl. »Maria, lass ihn gehen und warte ein halbes Jahr. Im Oktober machst du eine Wallfahrt zur heiligen Maria ob der Brennerstraße, dann kannst du dir alles nochmals überlegen. Versprich mir das, Maria, dann tätest du mich in meinen alten Tagen wieder glücklich machen!« Und nun gestand er bedrückt: »Schau, dass deine Mutter so krank ist, fast ihr ganzes

Leben, hat mich unglücklich gemacht. Aber jetzt sage ich dir, ich werde dich nicht zwingen, ich werde nachgeben, aber dann kannst du nie auf meinem Hof bleiben! Es wär meine große Freude gewesen, dir diesen Hof zu übergeben. Aber wenn du mir das antust, dass du diesen Schäfer heiratest, dann zerschlägst du selbst mein Leben, und ich werd keine Freud mehr haben! Ich sage dir noch einmal, ich tue dir keinen Zwang an!«

Das nachfolgende Schweigen war kaum zu ertragen.

Endlich aber fragte der Vater, jedes Wort langsam und für sich betonend: »Maria, willst du also morgen zum Geißler-Hof gehen?«

Die Spannung war fast unerträglich. Starr standen sie sich gegenüber, Vater und Tochter, die Hände ineinander verschränkt. Die Maria hielt den Kopf tief gesenkt.

Dann sah sie auf, und was sie sah, erschütterte sie zutiefst: Der Vater, den sie immer nur aufrecht und stolz erlebt hatte, wirkte um Jahre gealtert und wie in sich zusammengefallen. Ja, sie bemerkte auf seinem gesenkten Kopf – die Haare fielen ihm tief in die Stirn – erste schneeweiße Fäden. Die mussten erst die Erlebnisse des letzten Jahres ihm gebracht haben. Seine ganze Gestalt wirkte so, als sei er tief unglücklich. Und sie fragte sich, ob nicht sie auch dazu beigetragen hätte. Aber hatte sie, sein Kind, dazu das Recht?

Langsam sagte sie: »Ja, Vater, ich geh.«

Tränen kollerten über ihre Wangen. Alles verschwamm ihr vor den Augen, selbst das Bild des Tuxer Schäfers verblasste gegenüber der Liebe zum Vater, der sie jetzt voll bezwungen hatte.

Und weiter flüsterte sie: »Ja, Vater, ich geh, dir zuliebe!« Dann fügte sie – kaum hörbar – die befreienden Worte hinzu: »Und im Herbst werde ich mit dem Felix reden!«

Immer noch hielt er ihre Hand umfasst. Dann sprach er feierlich, wie einen Segensspruch: »Maria, das werde ich dir nie vergessen! Seit die Mutter krank wurde, habe ich keine Freude mehr gehabt! Du bist die einzige Freud meines Lebens!«

Und so, wie er seine Kinder jeden Abend segnete, so machte er nun das Zeichen des Kreuzes auf ihre hohe Stirn und sagte: »Gute Nacht, Maria! Gute Nacht! Und im Oktober gehst du mit der Emma nach St. Maria! Dann wirst du ganz ruhig werden!«

26

In dieser Nacht schlief der Hohenhauser nicht in seiner Kammer. Er hätte es nicht ausgehalten, neben seiner schwerkranken Ehefrau zu liegen und ihr Stöhnen zu hören. Er blieb noch stundenlang allein in der Küche beim Herdfeuer sitzen. Er sann und sann.

Dann ging er in die Stube und lehnte sich an die Ofenbank. Trotz der späten Stunde konnte er noch keinen Schlaf finden. Sein eigenes Leben erwachte. Und wieder tauchte aus dem Dunkel der Vergangenheit ein Gesicht, das er zeitlebens nie mehr vergessen hatte … Es war das Gesicht der Emma, die auf dem Hohenhauser-Hof treu und redlich sieben Jahre lang gedient hatte. Und wieder musste er es sich selbst eingestehen, dass diese arme Magd für ihn bestimmt gewesen wäre …

Träumte er oder wachte er? Hörte er nicht die Fuhrwerke am Brenner bei St. Valentin vorbeirollen? Hörte er nicht die Stimmen der Wanderer? Und klangen nicht die Glocken von St. Valentin? Und da – stand nicht neben ihm der welsche Kraxenträger? Hörte er nicht seine Stimme: »Kettchen, wunderschöne Kettchen?«

Er schreckte auf. Es war nur ein Traum – ein Traum von gestern – aber aus dem Dunkel dieses Traumes schaute wieder ihr innig-liebliches Gesicht. Und der harte verschlossene Hohenhauser Bauer strich mit der Hand über die Augen und flüsterte: »Emma, verzeih mir! Aber ich bin gestraft genug!«

Im selben Augenblick schrie gellend eine Stimme: »Die Mutter! Die Mutter!« Sie hatte einen Anfall bekommen. Es schien sehr schlimm zu sein, aber sie erholte sich wieder.

Beim Morgengrauen ging der Hohenhauser mit seiner Tochter Maria talauswärts. Sie grüßten die Nachbarn, die sie trafen, als wäre nichts geschehen. Die Maria lachte wie immer, und beim Lachen schaute ihr Gesicht so schön und friedlich aus wie immer. Kein Mensch hätte ahnen können, dass sie heute die schwerste Nacht ihres jungen Lebens erlitten hatte!

Dann kamen die Tage, die für Hintertux in jedem Jahr aufs Neue ein Freudenfest für Jung und Alt waren: die Abfahrten von den Almen!

Hoch her ging es dann im Dorf, das ganz im Zeichen der bärtigen Senner und Hirten stand! Erst wurde von der Bichlalm abgetrieben. Hier hatte jeder der neun Höfe das Weiderecht für 28 Kühe. War das ein Bild, wenn die über zweihundert festlich geschmückten Kühe unter dem Geläut ihrer Halsglocken Einzug hielten!

Nicht weniger bunt ging es am folgenden Tag zu, wenn das Vieh von der Galtalm am Fuße des Ferners heruntergetrieben wurde.

Am dritten Tag zog dann der Schäfer mit seinen sechshundert Tieren bis in die Tuxaue herab, wo die Schafe ausgeschieden wurden. Dann zogen die Bauern des Außertals mit ihrer Herde heimzu. Die Schafe der Tuxer Bauern jedoch wurden wieder auf die Bichlalm hinaufgetrieben. Aber jetzt brauchte man keinen Schäfer mehr. Die Tiere wurden sich selbst überlassen, konnten weiden, wo sie wollten, auch auf den abgemähten Bergmahdern. Man ließ sie so lange dort oben, bis der Schnee fiel, dann erst holte man sie zum Überwintern in die Asten.

Drei Tage waren es, in denen laut die Stimmen der Bauern und Hirten zwischen den alten schwarzgebräunten Höfen und Ställen hallten, wo das Läuten der Glocken und das Brüllen des Viehs bunt durcheinander klangen und alles in Aufregung war. Aber eine leise Wehmut war doch in allem Frohsinn: Der Sommer war vorbei – ade, ihr Berge! So war der Sommer zu Ende gegangen. Das Almvieh stand nun dick und fett im Stall, die Schafe weideten noch auf den Höhen, die Hirten hatten ihre Miete ausbezahlt erhalten und die Bauern erhielten den Almnutzen aus Käse und Butter.

Auch der Tuxer Schäfer hatte seine Miete erhalten. In diesen Tagen hatte er die Menschen gemieden. Der Hesser Bauer jedoch fragte ihn, ob er nicht einige Wochen hierbleiben könne und ihm helfen, das Heu von den steilen Bergmahdern unter dem Hornspitz herunterzuziehen. Der Schäfer sagte zu und nahm in diesen Tagen beim Hesser Bauer Unterkunft.

Es war ungefähr am fünften Tage seiner Arbeit, als sieben Heuzieher eben den steilen schwindeligen Wasserfall beim Weitental durchquerten. Sie hatten eine besonders schwere Last geladen. Vor dem Durchgang hielten sie inne und legten die Steigeisen an. Dann lud sich Mann für Mann die schwere Last auf die Schultern und stapfte kühn durch den schon vereisten Abbruch.

Nach dem Durchgang gönnten sich die Männer eine kleine Rast. Der Hesser hatte sich neben dem Tuxer Schäfer niedergelassen und sagte:

»Schad, dass du nächstes Jahr nimmer kommst! Was hat eigentlich der Hohenhauser gegen dich?«

Lange Zeit schwieg der Tuxer Schäfer verlegen und auch scheu. Endlich meinte er, er sei halt der Sohn vom Profer, und der Hohenhauser wäre Kirchpropst und könne die leidige Geschichte nicht vergessen …

Der Hesser dachte lange nach und wollte sich mit der Antwort nicht zufriedengeben.

»Aber die Maria? Viel Leut reden, es wär wegen der Maria!«

Da stand der Tuxer Schäfer auf und gab zur Antwort: »Ich red mit der Maria im ganzen Jahr keine zehn Wort!«

27

Zehn Tage nachdem die Maria auf den Geißler-Hof gezogen war, wollte der Tuxer Schäfer Abschied nehmen. In diesen Tagen war er dem Hohenhauser ausgewichen und hatte sein Haus nie betreten. Untertags befand er sich ja immer am Berg. Heute aber wollte er von ihm und von den Hohenhauser Leuten Abschied nehmen. Und er musste noch mit ihm reden.

Heuer war es das erste Mal geschehen, dass der Hohenhauser den Matthäusmarkt an der Brennerstraße nicht besucht hatte. Der Tuxer Schäfer allein wusste den tieferen Grund: Der Hohenhauser wollte ihn beobachten, bis er vom Tal verschwunden war.

Und so stand er um die elfte Stunde vor der Haustür des Hohenhauser-Hofes. Unsicher und überlegend verhielt er kurze Zeit – dann öffnete er mit einem Ruck die Tür und stand dem Hohenhauser gegenüber.

Dieser rührte sich nicht, sondern starrte unbeweglich in das Feuer. Ein rötlich schimmernder Schein spielte in seinem Gesicht und zeichnete die Falten und Runzeln noch tiefer und härter, wie aufgebrochene Furchen. Mit keinem Blick schaute er auf, obwohl er die Schritte genau gehört haben musste. Er tat, als hätte er auch das Türknarren nicht gehört!

Hei, Tuxer Schäfer! Spürst du nicht, dass der Hohenhauser nichts zu tun haben will mit dir? Spürst du nicht, dass du gegen einen Berg von Eis ankämpfen willst? Und diesen Berg von Eis wird auch das Feuer deiner Liebe nicht zum Schmelzen bringen! Was willst du auch gegen den Hohenhauser – den König von Hintertux! Geh doch wieder fort! Geh doch, bevor er dich hinauswirft und dir die Tür vor der Nase zuhaut! Ja, geh!

Aber der Tuxer Schäfer ging nicht, denn der Hohenhauser war ihm noch eine Antwort schuldig – und diese Antwort musste er jetzt geben!

Der Schäfer ertrug die beklemmende, abweisende Stille. Noch immer nicht hatte der Bauer aufgeschaut. Seine Augen starrten in das Feuer. Nun stocherte er mit einem Ast in den Gluten. Sein Gesicht war noch abweisender geworden.

Kein Wort! Kein Gruß! Kein Handschlag! Diese abweisende Kälte war fast nicht zum Aushalten!

Nun wandte sich der Hohenhauser noch mehr ab, als wollte er sagen: Geh hinaus! Ich hab mit dir nichts mehr zu reden!

Und doch blieb der Tuxer Schäfer ruhig und gefasst. Es schien ihm, als stünde die Maria neben ihm, als hörte er ihre Stimme. Fast spürte er ihren weichen und tröstenden Handschlag. Dieses Gefühl gab ihm die Kraft, nun den letzten Schritt zum Herd zu machen, bis er dem Hohenhauser gegenüberstand. Der blieb sitzen, er schaute zum ersten Mal auf, aber er sprach kein Wort.

»Hohenhauser«, bat nun der Tuxer Schäfer weich, aber zugleich auch unbeugbar hart und sicher. »Hohenhauser, morgen geh ich! Aber du weißt – ein Knecht sollt nicht gehen ohne Handschlag! Nichts für ungut!«

Doch der Bauer tat, als hätte er diese Worte nicht gehört oder als gingen sie ihn nichts an. Sein Gesicht glich einer geheimnisvollen, starren Maske aus Holz.

Unerträglich wurde die Stille. Die Funken knisterten und tanzten wirbelnd in den Kamin hinauf. Und in dieser drückenden Stille verlor der Tuxer Schäfer plötzlich alle Hemmungen. Es riss ihn unwiderstehlich mit, und ohne noch zu überlegen, schrie er den Hohenhauser an:

»Hohenhauser, willst du mir wirklich den Handschlag nicht geben? Hohenhauser – es ist wahr, du hast mich droben beim Stadel mit der Maria allein gesehen – aber ich schwör dir, ich hab es nicht mit ihr ausgemacht, und ich hab nicht gewusst, dass sie allein im Stadel war. Ich hab mit dir reden wollen oder mit deinen Knechten, um Botschaft zu überbringen …«

Tief atmend stand er da, fast zwang ihn eine heimliche Gewalt, die Hand des Hohenhausers zu ergreifen und ihn zu bitten, aber dann hielt er sich doch zurück – und seine Worte wurden ruhiger:

»Hohenhauser, du meinst, ich hätt' ein heimliches und falsches Spiel getrieben. Das ist nicht wahr! In allen fünf Jahren hab ich kaum ein Wort mit ihr gesprochen – nur heuer am Palmsonntag, wie es so geschneit hat. Da haben wir uns versprochen! Daher will ich alles offen ausmachen, weil du der Vater der Maria bist. Ich bitt dich um den Handschlag!«

Er streckte dem Hohenhauser die Hand entgegen – aber dieser verharrte unbeweglich in seiner ablehnenden Haltung. Nach einiger Zeit des Schweigens griff der Tuxer Schäfer in seine Tasche und holte ein Kettchen heraus. Er schaute es besinnlich an und ließ es durch die Finger gleiten. Am Kettel hing ein Silbertaler.

Beides hielt er nun dem Hohenhauser entgegen, dabei sprach er: »Hohenhauser, diesen Taler hab ich von meiner Mutter erhalten. Es ist das einzige Andenken von ihr. Auf dem Sterbebett hat sie es mir geben. Dieses Kettel soll deine Tochter Maria haben. Aber du selbst sollst es ihr geben. Es ist mein Unterpfand, denn ich will nichts hinter deinem Rücken tun! Ich geb es dir, damit du siehst, dass ich kein Geheimnis hab!«

Jetzt erst rührte sich der Hohenhauser. Er streckte abweisend die Hand vor und sagte: »Ich brauch kein Unterpfand und die Maria auch nicht! Sie hat selbst gesagt, dass sie den Felix heiratet!«

Mit der Kraft der Verzweiflung wehrte sich der Schäfer: »Dann hast du es ihr aufgezwungen! Aber ich leg dir das Kettel da nieder, und es soll mein Unterpfand bleiben!«

Noch während dieser Worte hatte er die silberne Kette auf den Tisch neben dem Herd gelegt; dann wandte er sich hastig um und wollte gehen. Aber noch einmal besann er sich, er streckte bittend die Hand vor und sagte mit eindringlicher Stimme: »Wir sind nicht hinter den Stauden gelegen, wie du meinst! Was ich mit ihr getan hab, kann alle Welt wissen. Darum gib ihr das Kettel – als mein Unterpfand, wie ich es von meiner Mutter erhalten hab!«

Der Tuxer Schäfer hielt die Hand vorgestreckt, als wartete er auf Antwort und Handschlag – aber der Hohenhauser tat nichts dergleichen. Langsam, Schritt für Schritt, schlich der Tuxer Schäfer zur Tür.

Dann öffnete er die schwere Haustür und stapfte über die Steinplatten vor das Haus hinaus. Erleichtert atmete er auf. Es war der einzig mögliche Weg – aber aufgeben würde er diesen Weg nie – und die Maria auch nicht.

Und dennoch hatte der Schäfer keine Ahnung, welch plötzliche Veränderung mit dem Hohenhauser vor sich ging: Als er die Kette mit dem Muttergottestaler gesehen hatte, war ihm, als zerrisse der Schleier der Zeit. Konnte denn das möglich sein?

Beim Anblick des silbernen Kettels hatte sich dem Hohenhauser ein solch seltsamer und unerwarteter Zusammenhang eröffnet, dass es ihm schien, als bräche sein ganzes Leben plötzlich zusammen. Seine Augen starrten wie gebannt auf den Marientaler, es schien, als begänne er plötzlich zu leuchten und zu schimmern. Es blendete die Augen des einsamen Mannes. Er schaute wieder in das Halbdunkel. Aber da wurde auch das Dunkel wieder hell. Die Sonne schien. Die Kirchenglocken von St. Valentin läuteten. Schwerbeladene Frachtwagen rollten über die Landstraße. Und da stand er – der Hohenhauser – vor dem riesigen Torbogen der »Bremer Post«, und wie von innerer Gewalt bezwungen, hatte er plötzlich die weiche Hand der Dirn umfasst, die neben ihm stand, und hatte ihr ein Kettel in die Hand gedrückt. Ein Leben lang konnte er das nimmermehr vergessen – und jetzt wieder – jetzt war alles lebendig geworden!

Er nahm den Marientaler mit zitternder Hand. Dann ließ er sich langsam auf die Bank fallen und stützte den Kopf mit beiden Händen auf die Herdplatte. Dabei flüsterte er, und es war fast ein Schrei: »Emma! Emma! Dann ist der Tuxer Schäfer dein Sohn?« Unbeweglich verharrte er in dieser Stellung.

28

Unschlüssig, traurig und bedrückt war der Tuxer Schäfer indessen vor dem Haus stehen geblieben. Sein Herz war müde und in großer Verlassenheit. Er schaute zu den funkelnden Sternen hinauf. Ihm war klar geworden, dass er nun vom Hohenhauser-Hof für immer Abschied nehmen musste. Die Abschiedsnacht war gekommen. Aber wenn er in das Dunkel schaute, sah er immer wieder das Gesicht der Maria, und er hörte ihre tröstende Stimme: »Tuxer Schäfer! Armer Tuxer Schäfer!«

Sein Sehnen nach ihr war fast unstillbar geworden, sodass er am liebsten ihren Namen laut in die Nacht gerufen hätte. Ach – hatte es überhaupt noch einen Sinn, zu warten und zu warten? Sollte er nicht mit ihr in die Berge gehen oder in die Fremde? Sollte er sie nicht zwingen, auch gegen den Willen ihres Vaters? Doch nein – er müsste sie nicht zwingen, denn sie würde ihm überallhin nachfolgen, wenn er es wollte!

Doch dann dachte er wieder an die Worte des Hohenhausers und an seinen schlimmen Verdacht. Das stärkte seinen Trotz. Leise flüsterte er vor sich hin: »Ich bin nicht hinter den Stauden aufgewachsen, wie er meint! Ich werde es dem

Hohenhauser schon zeigen, dass auch ein Knecht eine Ehre hat! Und wenn die Zeit gekommen ist, werde ich ihn wieder fragen – und so lange werde ich warten – und wird auch die Maria warten, bis er nachgibt!«

Eine Sternschnuppe schimmerte Augenblicke lang im Samtdunkel der Nacht. Die Stimmen der Bergnacht wurden lauter. Es rauschte der Wasserfall urweltlich durch den Talkessel.

»Ja, Hohenhauser-Hof, lebe wohl! Heut ist die letzte Nacht!«

Dann wandte er sich um und machte einige Schritte – doch im gleichen Augenblick hörte er schnelle, hastige Tritte, die sich von unten herauf dem Haus näherten. Er wollte in dieser Stunde niemandem begegnen, der irgendwie des Weges käme. So schmiegte er sich eng an die Balken des Hauses.

Aber es war nicht die Dirn des Nachbarhofes – ein schlanker Schatten tauchte auf und lief geradewegs zum Hohenhauser-Hof. Und der Schatten war schmal und eng an den Schultern, nun hob sich ein helles Gesichtlein kaum erkennbar aus dem Halbdunkel – und die Schritte, die Gestalt, die Bewegung, der Atem, die hellen Haare – Es war ja die Maria! Geschah denn ein Wunder in dieser schweren Stunde?

Der Tuxer Schäfer trat aus seinem Versteck hervor und rief sie leise an, um sie nicht zu erschrecken: »Maria!«

Dann standen sie voreinander, und beide hielten alles für eine unwirkliche Erscheinung. Wie im Schlaf wandelnd, machte sie einige Schritte, dann blieb sie stehen. Sie zitterte.

Ein zweites Mal rief er leise ihren Namen: »Maria! Bist du es wirklich?« Er umfasste ihre Hand. »Bist du es wirklich?«

Sie beugte ihren Kopf und sagte kein Wort, nicht einmal seinen Namen. Fieberhaft schnell und laut, wie nach großer Anstrengung, ging ihr Atem.

Endlich flüsterte sie kaum hörbar, aber voll höchster Erregung: »Ich weiß selbst nicht, wie ich da herkommen bin ... ich weiß nicht, wie alles gegangen ist – und dass ich in der Dunkelheit durch den Geißler Wald gefunden hab – aber heut ist der Knecht vom Tal heimkommen und hat gesagt, der Tuxer Schäfer zieht morgen fort! Und seit dieser Stund weiß ich nicht mehr, was geschehen ist. Beim Dunkelwerden hat es mich davongetrieben – und ich hab immer nur dein Gesicht vor mir gesehen, und mir ist es vorkommen, du selbst hättest mich durch den dunklen Wald geführt, sonst hätt' ich nie hergefunden! Ich weiß nicht, wie alles geschehen ist! Bist du es wirklich?«, fragte sie nun etwas ruhiger, »oder ist doch alles nur ein Traum?«

»Es ist kein Traum«, antwortete der Tuxer Schäfer, wobei er ihre Hand so fest drückte, dass sie der Schmerz zur Wirklichkeit brachte.

Weinend rief sie: »Tuxer Schäfer! Lieber Tuxer Schäfer!«

Und er flüsterte immer wieder: »Maria! Maria!«

Unter Tränen gestand sie ihm: »Ich hätt' dem Vater eine Freude machen und dich vergessen wollen – aber in allen Tagen ist es alleweil schlimmer worden – und ich hab dich nicht vergessen können ... und wie der Knecht die Botschaft bracht hat, dass du außer Tal gehen willst, da hab ich nimmer gewusst, was tun, da hab ich den Vater vergessen und den Felix und alles ...«

Alles Leid und alle Not der vergangenen Tage waren verrauscht und vergangen wie Wolken in der Sonne. Das Dunkel der Nacht war plötzlich hell geworden, und alle Angst und Unsicherheit war gewichen.

»Maria! Maria!«

»Weißt du noch«, fragte sie, »wie du mir droben im Stadel dein Leben erzählt hast? Es war doch gut, dass wir damals zusammenkommen sind!«

Zur Antwort drückte er sie eng an sich und flüsterte: »Maria! Maria!«

Sie antwortete mit hauchdünner Stimme, traumhaft und unwirklich: »Mein lieber Tuxer Schäfer!«

Beide fühlten sich fortgerissen wie von einem treibenden Wasserfall, dem sie nicht widerstehen konnten. Sie umfassten sich, sie schmiegten ihre heißen Gesichter aneinander, sie weinten und lachten zugleich. Die dunkle Bergnacht umhüllte sie wie mit einem Mantel. Die Sterne blinzelten am dunkelblauen Samthimmel. In weiter Höhe erglänzte der blasse Schimmer der aufgehenden Mondsichel. Vom Kamin eines Hauses flogen die Funken wie Leuchtkäfer in der Hannesnacht.

Ganz überkommen von der Größe dieses Erlebens, flüsterte sie: »Ich will dir gehören!«

Aber der Tuxer Schäfer stand fest auf dem Boden der Wirklichkeit. Er ließ sie los und sagte: »Maria, ich hab heut mit dem Vater geredet und hab ihm gesagt, dass ich nichts Heimliches tun werde! Der Vater soll daher nicht denken, wir hätten es heimlich ausgemacht oder ich hätte dir eine Botschaft senden lassen. Und ich hab ihm ein Silberkettel geben. Das ist mein Unterpfand, hab ich gesagt – aber er hat mir den Handschlag verweigert. Und eben deswegen wollen wir beide nun zu ihm gehen und ihn bitten, er soll uns seinen Segen geben! Ja, Maria, wir gehen zum Vater! Er soll dir selbst das Kettel geben mit dem Marientaler!«

Und doch überkam sie wieder die Angst: »Aber ich hab dem Vater versprochen, den Felix zu heiraten«, jammerte sie verzagt.

Er tröstete sie: »Der Bach muss nach abwärts fließen, und die Bäume müssen nach aufwärts wachsen – und der Mensch muss das tun, wozu es ihn zwingt.« Dann fasste er stärker ihre Hand und sprach: »Komm, Maria, wir wollen zum Vater gehen. Wenn er uns den Segen verweigert, dann werde ich für ein Jahr Abschied nehmen. Und im nächsten Jahr werde ich wieder an die Haustür klopfen, um die gleiche Stunde, und werde den Vater wieder um den Segen bitten. Und wenn er sich wieder umwendet, dann sag ich ihm, in einem Jahr komm ich wieder! Und wenn es zehn Jahre so weitergeht, ich komm jedes Jahr wieder – und wenn es so lang weitergeht, bis ich graue Haare hab und dass mich die Füß kaum mehr tragen sollten, Maria, ich komm jedes Jahr wieder! Du musst Vertrauen haben – und keine Angst! Dein Vater hat dich ja so gern! Komm, Maria!«

Erneut hielt sie ihn zurück. »Ich hab eine Wallfahrt nach St. Maria versprochen! Wenn alles gut geht, gehen wir mitsammen!«

St. Maria! Nun erschien vor ihren Augen das Kirchlein ob der Brennerstraße. Wie gerne war sie dorthin gepilgert, war es doch die uralte Begräbnis Stätte der Hintertuxer. Wie oft war auch der Schäfer an Markttagen hinaufgestiegen!

Und er erinnerte sich an die Schneeflucht, als er die Schafe gesucht hatte. Ja, da hatte er ja auch eine Wallfahrt zur heiligen Maria versprochen, gleich, ob er die Schafe und den Hohenhauser Widder fand oder nicht! Und wie wundersam hatte ihn da eine unsichtbare Hand geführt, bis er endlich die Schafe gefunden hatte. Das musste er ihr noch erzählen.

»Maria, ich hab auch eine Wallfahrt gelobt, damals bei der Schneeflucht! Wir haben die Schafe nicht finden können, da bin ich noch einmal allein durch Schnee und Nebel gegangen, und da hab ich in meiner Verzweiflung die Wallfahrt gelobt. Und dann ist's mir vorkommen, als tät mich eine unsichtbare Hand führen – genau zu der Stelle, wo die Schafe eingeschneit waren. Schau, Maria«, er drückte sie wieder freudig an sich und auch seine Stimme klang voll Zuversicht, »mir ist auf einmal so leicht und froh zumute, dass ich gar keine Angst mehr hab! Komm, gehen wir zum Vater!«

29

Ihre Schritte hallten dumpf auf dem groben Steinpflaster. wider Alles war dunkel in Hintertux. In keinem Fensterchen mehr brannte ein Licht – nur das Herdfeuer glühte in der Küche des Hohenhausers.

Er führte sie behutsam an der Hand. Die Haustür knarrte. Durch die Öffnung wehte der Wind und flammte das Herdfeuer wieder lohend auf.

Eine Zeit lang blieben sie im Türrahmen stehen, aber dann gingen sie einige Schritte vor. Der Schäfer hielt die Hand der Maria fest umfasst. Zögernd blieben sie dann stehen.

Die Maria fühlte die Angst stärker, der Vater kam ihr so seltsam vor: Halbgebeugt lehnte er über der Herdbank und starrte vor sich hin. Er schien die Ankömmlinge überhaupt nicht bemerkt zu haben, ja es hatte den Anschein, als schliefe er. Aber nein, er schlief nicht, er starrte auf seine Hand, in der das Kettel des Tuxer Schäfers lag. Die Stille war kaum zu ertragen.

Kaum hörbar flüsterte die Maria: »Vater!«

Der Schäfer schloss die Tür. Aber der Vater rührte sich nicht. Die Maria fürchtete den Ausbruch seines Zornes, wenn sie nun so plötzlich mit dem Tuxer Schäfer daherkam. Wieder sprach sie ihn an:

»Vater! Da bin ich wieder! Ich weiß selber nicht, wie ich herkommen bin –«, lange zögerte sie, doch dann sprach sie mit viel festerer Stimme: »Und der Tuxer Schäfer steht auch bei mir!«

Und wieder lastete ein ängstliches Schweigen in der Rauchküche. Fester spürte sie den Händedruck, der sie so beruhigte und stark machte, dass sie die Kraft aufbrachte zu der Bitte:

»Vater, gib uns den Segen!«

Aber der Hohenhauser schwieg und verharrte in seiner abwesenden Haltung. Wie zuvor hatte er den Kopf auf die Hand gestützt. Unverwandt starrte er auf das Kettchen mit dem silbermatt glänzenden Marientaler, das in der anderen Hand lag. Sein breiter Rücken warf einen schwarzen Schatten an die Wand. Hatte ihn der Zorn so überwältigt, dass er seiner selbst nicht mehr mächtig war? Oder war er am Ende krank?, dachte sich angstvoll seine Tochter.

In ihrer Angst strich sie mit der Hand über seine Schulter und fragte: »Vater, ist dir nicht gut? Du musst mir verzeihen, wenn ich wiedergekommen bin! Du musst mir verzeihen, Vater! Und dem Tuxer Schäfer auch!«

Hatte der Hohenhauser am Ende wirklich geschlafen?, fragte sich der Tuxer Schäfer. Es schien, als erwachte der große, breitschulterige Mann. Er hob den Rücken, er streckte die Hand hoch, dann schaute er umher, wie ein Mensch, der aus einem Traum erwacht. Dann streckte er sich zu voller Größe. Der helle Feuerschein spielte unruhig in seinem Gesicht. Die Falten und Runzeln schienen heute schärfer und tiefer gezeichnet.

Die Maria konnte die Spannung kaum mehr ertragen. Weinend rief sie aus: »Vater, ich kann nicht anders!«

Nun machte der Tuxer Schäfer einen Schritt näher zum Herd. Er stand dem Hohenhauser gegenüber, an der Hand hielt er die Maria. Beide, der Hohenhauser und der Schäfer, waren ungefähr von gleicher Größe. Nun schauten sie sich in die Augen.

Der Hohenhauser betrachtete lange und forschend das harte Gesicht des Schäfers. Irgendwie fühlte der Schäfer eine andere Stimmung – nicht mehr diese Ablehnung wie früher. Mit der Hand deutete er auf den Marientaler, und dann sprach er feierlich und fest:

»Vater«, – ohne es zu wollen, hatte er das Wort gebraucht – »Vater, dies Kettel da, das ich dir vorhin gegeben hab, kannst du jetzt der Maria geben, weil sie selber gekommen ist. So sei alles offen und ehrlich zwischen uns. Gib ihr das Kettel als mein Zeichen und als mein Unterpfand. Und gib uns den Segen.«

Es war ganz still geworden. Geheimnisvoll knisterte das Feuer.

Dann sprach der Tuxer Schäfer noch lauter: »Und wenn du uns den Segen verweigerst, dann geh ich außer Tal und komm in einem Jahr wieder. Und so werde ich jedes Jahr zum Hohenhauser-Hof kommen und dich um den Segen bitten! Und einmal wirst du es tun! So lange wollen wir beide warten, denn wir haben uns versprochen und wollen das Wort nimmermehr umstoßen!«

Zitternd fürchtete nun die Maria, dass sich der Vater vom Zorn mitreißen ließe. Nur der feste Händedruck gab ihr die Kraft, nicht aufzuschreien und laut zu weinen.

Aber der Vater ließ sich nicht vom Zorn überwältigen. Er stand in voller Größe und starrte immerfort in das Gesicht des Schäfers. In seinen Augen schimmerte ein weicher Glanz.

Mit der breiten Hand zeigte er nun auf das Kettel: »Sag mir noch einmal, Tuxer Schäfer, von wem hast du das Kettel bekommen?«

Fast untragbar wurde die lastende Stille, denn weder die Maria noch der Schäfer konnten das seltsame Verhalten des Vaters verstehen. Was hatte er nur mit diesem Kettlein? Warum starrte er immerfort auf den Marientaler?

Nun fragte er sogar ein zweites Mal mit feierlicher Stimme: »Von wem hast du das Kettel bekommen?«

Der Tuxer Schäfer antwortete ruhig und fest: »Es ist von meiner Mutter! Sie hat es mir auf dem

Sterbebett als Andenken hinterlassen! Und sie hat gesagt, dieser Marientaler erinnere sie an die glücklichste Zeit ihres Lebens! Und heut geb ich dies Kettel der Maria als mein Unterpfand!«

Bei diesem Geständnis wurde das sonst so strenge und abweisende Gesicht des Vaters seltsam weich. Es schimmerte wässerig in seinen Augen. Wie mit sich selbst sprechend, fragte er mit weicher Stimme:

»Von deiner Mutter? Wer war deine Mutter?«

»Emma hat sie geheißen und war in Schwendberg daheim.«

Forschend sah der Hohenhauser ihn an, lange Zeit. Dann sagte er: »Ja, du hast etwas von ihrem Gesicht.«

Die jungen Leute verstanden nicht das seltsame Gehaben. Sie hatten den furchtbarsten Ausbruch seines Zornes erwartet – aber jetzt war die Stimme des Hohenhauser plötzlich so weich geworden, und er schaute den Tuxer Schäfer fast liebevoll an. Noch immer hielt jener die Hand der Maria fest umfasst, als wollte er ihr Kraft und Zuversicht geben.

Und plötzlich geschah es, sie spürten die raue Hand ihres Vaters, der ihre zwei Hände umklammerte. Die Maria brach vor Freude in Tränen aus. »Vater, gib uns den Segen!«

Als Antwort enthüllte der Hohenhauser feierlich das Geheimnis seines Lebens. Er zeigte mit der anderen Hand auf den Marientaler und sprach: »Nein, Tuxer Schäfer, das Kettel ist nicht von deiner Mutter! Nicht von deiner Mutter!«

Der Tuxer Schäfer beteuerte: »Sie hat es mir am Sterbebett geben!«

Der Hohenhauser hörte die Unterbrechung nicht. Wie in vergangene Zeiten versunken sprach er: »Es ist nicht von ihr, es ist von mir – ich selbst hab es ihr gegeben!«

Der Hohenhauser versank in ferne Zeiten und schwieg, von der Erinnerung ganz überwältigt. Es war, als spräche er für sich selbst:

»Ja, deine Mutter, Tuxer Schäfer, hat sieben Jahr auf dem Hohenhauser-Hof brav und treu gedient. Ich seh sie noch wie lebendig vor mir. Und einmal haben wir eine Wallfahrt zum heiligen Valentin gemacht – Knecht und Dirn und alle Leut vom Hof. Und damals hab ich ihr das Kettel mit dem Marientaler geschenkt –«

In Trauer hielt er inne, dann machte er auch das letzte Geständnis: »Aber als sie dann erfahren hat, dass ich mit meiner Braut übers Joch geh, ist sie in der Nacht heimlich verschwunden, und ich hab keine Kunde mehr erfahren!«

Seine Stimme zitterte. Überwältigt von der aufgebrochenen Erinnerung starrte er auf den mattglänzenden Marientaler. Hinter diesem Marientaler tauchte das stille, so innige und liebliche Gesicht der jungen Emma auf, mit ihrem so bezwingenden Lächeln und ihrer weichen schlanken Gestalt. Bedrückt musste er sich innerlich eingestehen: Warum hast du ihr nur den Marientaler gegeben? Du hättest ihr alles geben sollen!

Jetzt war dem Tuxer Schäfer der Zusammenhang klar geworden. Auch die Maria ahnte ihn. Sie schloss ihre Augen vor Glück. Eine liebliche Röte überzog ihr schönes gleichmäßiges Gesicht. In der Eile der Flucht hatte sie vergessen, ihr Kopftuch umzubinden – und die Haare hatten sich gelöst – nun erst sah es der Tuxer Schäfer. Ein goldener Kranz von Haaren umrahmte ihr Gesicht. Nie war ihm seine Braut so schön erschienen – ja fast wie eine Erscheinung! Ja, dachte er da, es gibt wirklich noch Salige Fräulein!

Aber auch der Tuxer Schäfer fühlte sich von der Erzählung des Vaters überkommen. In diesem Haus also hatte seine eigene Mutter sieben Jahre als Magd gedient! Und sie hatte vom Vater das silberne Kettel als Geschenk erhalten! Und es war die glücklichste Zeit ihres Lebens gewesen, das hatte sie selbst erzählt, als sie es ihm übergeben hatte! Und dasselbe Kettel sollte jetzt das Unterpfand seiner Liebe sein. Es hatte den harten Sinn des Hohenhauser umgewandelt!

Langsam und betont gestand der Schäfer: »Dann ist das ein Vermächtnis meiner Mutter. Aber nie hat sie mir ein Wort gesagt, dass sie in Hintertux gedient hat. Jedoch das eine kann ich nie vergessen, was sie gesagt hat, als sie mir das

Kettlein gegeben hat: ›Das erinnert mich an die glücklichste Zeit meines Lebens‹!«

Der Hohenhauser stand noch immer im Banne dieser ungeahnten Enthüllung. Fast angstvoll fragte er nun: »Ich hab nie mehr etwas gehört von der Emma! So ist sie also wirklich deine Mutter? Und sie hat den Profer geheiratet?«

Müde klang die kurze Antwort: »Ja – und dann ist die unselige Zeit gekommen. Damals sind die Zillertaler nach Böhmen und Preußen ausgewandert, und mein Vater war auch dabei, du weißt es ja! Die Mutter war sterbenskrank. Ich kann mich nicht erinnern, dass ich sie einmal hab lachen sehen! Ja, Vater«, betonte er jetzt, »so ist es gewesen! Und heut ist mir vorkommen, mich habe alleweil die Mutter geführt!«

Der Vater schaute wieder auf das Kettel in der Hand. Im Selbstgespräch flüsterte er: »Die glücklichste Zeit meines Lebens!« Dann hängte er das Kettlein mit dem Marientaler um den Hals seiner ältesten Tochter. Der harte Hohenhauser, dessen Augen keine Weichheit und keine Tränen kannten, fühlte sich überwältigt vom Erlebnis dieser Stunde. Nochmals umfasste er mit beiden Händen die verschränkten Hände der Maria und des Tuxer Schäfers. Dabei sagte er mit kaum vernehmbarer Stimme:

»So lasst euch segnen, damit es euch nicht genauso ergehe wie mir, denn über allen Menschen steht ein großes Gesetz, das Gesetz der Liebe!«

Im Rosenheimer Verlagshaus bereits erschienen

Abendrot auf der Seiser Alm
304 Seiten
ISBN 978-3-475-55475-9

Die Südtiroler Schwestern Alice und Kathi betreiben gemeinsam eine Almwirtschaft auf der Seiser Alm. Das ändert sich jäh, als Kathi erfährt, dass Alice ein Verhältnis mit ihrem Verlobten Ennio hat. Kathi zieht nach Kastelruth, wo sie nun halbtags beim Buchhändler Lion und dem Schnitzer Dominic arbeitet. Eine weitere Katastrophe verändert erneut das Leben der Familien von Ennio und den beiden Schwestern.

Unvergesslicher Frühling in Meran
288 Seiten
ISBN 978-3-475-54875-8

Die Schicksale zweier Familien in einem schönen Haus in der beschaulichen Altstadt Merans sind eng miteinander verbunden. Ella erfährt, dass sie eine Zwillingsschwester hat und will sie kennenlernen. Ihr Vater findet mit der Nachbarin Brigitte neues Liebesglück, während ihre Stiefschwester Linni sich liebevoll um den kleinen Luca kümmert und sich in dessen Vater verliebt. Als der Junge verschwindet, wird das Leben aller Bewohner auf den Kopf gestellt.

Italienischer Traum am Gardasee
288 Seiten
ISBN 978-3-475-54871-0

Isabella steht vor einem Problem: Um zu verhindern, dass sie das wunderschöne Gutshaus ihrer Familie in Riva an ihren Cousin verliert, muss sie bis zu ihrem vierzigsten Geburtstag heiraten. Dieser steht jedoch bereits morgen an und kurz vorher hatte sie sich von ihrem Verlobten Emanuele getrennt. Wie soll sie in so kurzer Zeit einen Ehemann finden und ihr Traumhaus retten?

Herzklopfen über dem Gardasee
272 Seiten
ISBN 978-3-475-54827-7

Die Familie Mariani hat es nicht leicht. Seit dem Tod ihrer Mutter versuchen die Geschwister Sofia und Pietro verzweifelt, das Familienrestaurant im schönen Bardolino am Gardasee über Wasser zu halten. Dabei haben die beiden jeder für sich mit ihren eigenen Problemen zu kämpfen.
Pietro hat sich unsterblich in die bezaubernde Beatrice verliebt, die jedoch mit seinem besten Freund zusammen ist, und Sofias große Liebe Matteo zieht sich immer mehr von ihr zurück. Als dann auch noch der charmante Thomas, Sofias Freund aus Kindheitstagen, auf der Bildfläche auftaucht, überschlagen sich die Ereignisse…

Sternenlicht über den Bergen
272 Seiten
ISBN 978-3-475-54667-9

Verena ist glücklich. Bald wird sie ihren Verlobten Simon heiraten und ihr neues Geschäft »Die Wollfee« kommt bei den Kunden sehr gut an. Dass ihr Exfreund Felix wieder in der Stadt ist, bringt sie daher nicht aus der Ruhe. Doch es scheint jemanden zu geben, der Verena ihr Glück nicht gönnt: Ihr Geschäft ist Ziel fieser Attacken. Immerhin kann sie sich auf ihren Verlobten und ihre Freundin Katja verlassen. Als ein Unfall eine unangenehme Wahrheit offenbart, steht Verena vor einer schwierigen Entscheidung.

Daheim scheint die Sonne anders
336 Seiten
ISBN 978-3-475-54893-2

Durch einen Unfall bei der Heuernte verliert die kleine Vevi eine Hand. Weil sie nun auf dem elterlichen Bauernhof nicht mehr mithelfen kann, wird sie auf eine höhere Schule geschickt. Dort entfremdet sie sich den Menschen ihrer Heimat mehr und mehr. Doch das Leben in der Stadt hält manche Enttäuschungen bereit, und so kehrt sie in das stille Walddorf ihrer Kindheit zurück. Wird sie hier endlich ihr Glück finden?